KB057539

블루사이공

모들 씨어터북 003

블루 사이공

김정숙 지음

도서 모시는사람들

작가의 말

1994년 동학혁명100주년 기념뮤지컬 〈들풀〉(김정숙 작, 권호성 음악·연출)을 공연하던 연강홀 1층 갤러리에서 처음으로 '월남에서 돌아온 김상사님들'의 고엽제 사진 전시회를 보았습니다.

'대한뉴우스'에서 보던 파월장병 아저씨들의 고통스러운 모습에 너무도 놀랐고, 슬펐고, 화가 나서 눈이 새빨개졌습니다.

고엽제 아저씨들의 서러운 눈망울 속에 왜 그렇게 실향민 아버지가 비쳐 보이던지요.

끝내 고향에 가지 못하고 돌아가신 아버지의 고통과 고엽제 후유증으로 고생하시는 파월장병님의 고통이 제게도 하나의 고통으로 다가왔습니다. 그래서 '안기부'에 끌려갈지도 모른다는 선배들의 걱정에 더욱 분심을 내어 쓴 작품이었습니다.

두 손 가득 역사의 상처를 헤집어 붉은 피를 움켜쥐고 객석으로 집어던지던 심정이 지금도 생생합니다. 가슴 한쪽을 떼어낼 만큼 절절했던 '블루사이공'은 '극단 모시는사람들'에게 많은 상을 안겨주어 인정받게 해 주었고, 많은 사람들이 다시 보고 싶어 하는 작품이 되었습니다.

이 대본은 1996년 초연 이래 2002년 저의 첫 희곡집 『블루사이공』에 수록되고, 그 후로도 10년 가까이 공연하면서 거듭 다듬어진 작품을 기반으로

30주년에 즈음하여 다시 수정한 대본입니다.

초연의 분노와 뮤지컬의 완성도를 향해 노력하던 재연의 의지, 그리고 30주년 공감의 블루사이공에 이르기까지 언제나 변치 않고 연출과 작곡을 맡아 늘 함께 고민해 준 권호성 감독과 무대를 빛내던 배우들의 열정 어린 노고를 잊을 수 없습니다.

이 대본은 그들의 땀으로 빚어낸 고귀한 헌사입니다

지나고 보니 모두 고마운 일입니다.

보은의 고민이 없을 수 없습니다.

희곡집을 모들씨어터북으로 도서출판 모시는사람들에서 다시 낼 수 있는 것도, 30주년 작품으로 선정한 것도, 작품을 함께 지어 주신 선후배 동료들과 관객들에게 드리는 감사의 인사입니다. 모두 고맙습니다.

끝으로, 1996년 두레극장에서 파월장병님들을 모시고 했던 시연회가 끝난 후 저를 찾아와 "어떻게 내 이야기를 알고 썼냐"고 흐느끼시던 파월장병 아저씨들께 이 작품을 바칩니다.

고맙습니다.

2019년 6월

극단 모시는사람들 김정숙 드림

차례

블루사이공

작가의 말 —— 5

블루사이공 —— 9

리뷰 —— 75

등장인물

김문석　월남에서 돌아온 김상사

후엔　베트콩―김문석의 젊은 사랑

가수　죽음 길잡이

드엉　베트콩―후엔의 동생

하일병

배병장

정상병

공일병

최이병

우편상병

신창　김문석의 딸―고엽제 후유증 2세 환자

부인　김문석의 늙은 부인

작은 남자―어린 김문석　아역

김문석의 어마이

김문석의 아바이

김문석의 여동생

김문석의 남동생

서영춘

베트남 어머니

베트남 딸   아역

여고생

위정자

인민군

록커

이씨스터즈

포주

핏강 여인들

미군병사

공일병 어머니

양촌댁

섬집네

응급실 의사1

응급실 의사2

간호사들

처음에

가수   메모리 블루사이공 (무반주)

공연이 시작되면

가수가 객석에서 무대로 오르며 블루사이공을 노래한다.

(이 노래는 처음부터 끝까지 가사가 다 '블루사이공'이다.)

가수   블루사이공 블루사이공~~~~.

1막

무대에

여자의 제멋대로 내는 소리가 엉성하게 들린다.

이 소리는 우리가 아는, 들었던 노래 같기도 하고

끝이 없는 이야기를 하는 것도 같다.

여자   (소리만 먼저 등장) 애야 애야 아끄나라 따리나 꿍꿍!

뒤이어 여자(40대 여인—남자의 딸로서 지적 장애인—고엽제 후유증 2세 환자)

가 노래 같지도 않은 소리로 노래하며 휠체어를 끌고 나온다.

휠체어에 담요로 뒤덮인 남자의 머리가 푹 꺾인다.

여자, 휠체어를 놓고 이리저리 몸을 흔들며 엉성한 춤을 춘다.

가수가 남자의 늘어진 고개를 세운다.

힘겹게 가수를 밀치며 고개를 흔드는 남자

그 남자의 앞으로 귀신들—남자와 함께 월남전에 참전했으나

이미 전사하여 귀신이 된 전우들이 썩은 군복을 입고 다가온다.

여자의 제 흥에 겨운 몸짓 춤이 그들 사이를 누비며 지난다.

검은 아오자이의 여인—후엔이

한 송이 꽃을 들고 천천히 그에게 다가온다.

남자   (그녀에게 가려 하지만, 말을 듣지 않는 몸) 후엔!

남자와 여자를 제외한 모든 등장인물들이 노래를 부른다.

노래 1―시간으로 가는 열쇠 중에서

모두   블루사이공 아직 못 가나 봐

블루사이공 어딜 가려고

블루사이공 고향에 못 가네

블루사이공 갈 수 있을까

남자 뒤로 베트콩―드엉이 칼을 곧추세우며 느린 동작으로 다가선다.

사람들 멈춰서 남자와 드엉을 바라본다.

여자는 이 모든 일과 무관하게 노래를 흥얼거리며 쓰레기를 주워

꽃을 지어 머리에 꽂으며 논다.

드엉이 남자 뒤에서 마치 사형 집행인처럼 칼을 높이 곧추세운다.

남자는 칼을 기다리는 듯 고개를 들어 목을 드러내는데

드엉은 그를 지나쳐 간다.

남자는 드엉이 떠나가는 안타까움에

있는 힘을 다해 휠체어를 친다.

여자   (자기 일에 열중하며 소리 낸다.) 우리 할아버지 주소는

함경남도 북청군 신창읍 토속리 1구 1033.

멀어지는 드엉. 남자가 다시 휠체어를 친다.

여자   (들으라고 외친다.) 우리 할아버지 주소는 함경남도 북청군 신창읍

       토속리 1구 1033.

남자가 거칠게 휠체어를 친다.

여자   (소리친다.) 아무것도 없어. 브이씨(베트콩) 없어!

       빨갱이 없어! 부비트랩 없어! 지뢰도 없어!

       난 여기서 놀 거야!

남자가 휠체어에서 굴러떨어진다.

여자가 남자에게 다가와 힘겹게 남자를 휠체어에 끌어 올린다.

뿌리치는 남자와 집요하게 휠체어로 잡아당기는 여자의 싸움.

남자 몸 축 늘어지며 혼수상태에 빠진다.

여자   (겁에 질려) 엄마! 엄마! 엄마! (달려 나간다.)

사람들, 남자에게로 다가와 쓰러진 그를 내려다본다.

포탄소리─남자의 환청─커지면

남자, 그들에게서 도망치며 허공에 손을 내젓는다.

남자   (오랜 병으로 입놀림이 정확치 않아 어눌한 말소리로) 내가 아냐.

내가 그런 게 아냐! 제발 나 좀 살려 줘!

구급차 소리가 남자의 거칠게 몰아쉬는 호흡으로 바뀌어

무대에 진동한다. 남자가 고통에 몸부림을 친다.

간호사들이 거칠게 남자를 침대에 올린 뒤 족쇄를 채우듯

침대에 묶어 놓는다.

입에 재갈처럼 물리는 나무막대, 팔엔 링거, 산소마스크….

병원소리　내과 이세한 박사님 78번!

의사 1　EKG 모니터링. 맹호부대 아저씨가 요즘 자주 오시는데….

의사 2　CPR. 이분이 그 고엽제 환자야?

의사 1　Cardioversion. 몰라, 아직도 판정 못 받으신 거 같던데….

의사 2　Ambu Bagging.

병원소리　외과 김일주 박사님 34번!

의사 1　이번엔 어렵겠는데?

병원소리　내과 하영호 박사님 17번!

의사2　10분마다 한 번씩 체크하고….

의사와 간호부들 썰물처럼 빠져 나간다.

고요한 무대.

부인이 가쁜 숨을 고르며 지친 걸음으로 들어온다.

손수건을 꺼내어 사방에 흔든다.

부인   월남 귀신들아 물러가라! 훠이 훠이, 물러가라.

천천히 남자에게 다가간다.

부인   (남자를 침대에서 풀어주며) 살기도 힘든데 죽기는 더 힘들지요?

아파요? 으이휴 아프지요~ (소리친다.) 여기 진통제 좀 놔줘요~.

(남자의 눈물을 닦아주며) 울지 말아요…. 서러워요?

(당신) 서럽지, (나도) 서러워요…. 이번에는 가시오.

신창이는 죽을 때꺼정 내가 안고 가요.

둘은 인전 못해, 내가 너무 힘에 부쳐.

그러니 당신 이제 그만 가요.

훌훌 다 털어 버리고 떠나요.

난중에 통일이 되믄, 내가 그때꺼정 살까 모르것지만,

당신 고향에 묻어줄게요. 그러니 이제 그만 아프고 가요.

지발 가시요. 죽었다 하믄 올게요. 잘 가시오~. (나간다.)

노래 2—인생의 벼랑에서 1 (저승의 문 앞에서)

가수가 휠체어에 붙은 남자의 주소를 읽는다.

가수   (오래된 글씨) '김문석 1943년생, 43년… 마니 슬픈 사람….'

남자가 주사바늘과 산소마스크를 벗고 주변을 돌아본다.

남자   내가 죽었나?

가수   아직~.

남자   얼마나 남았지?

가수   (손가락으로 요만큼 길이를 재 보이며) 그대 그림자를 거둘 만큼~.

남자   (노래) 이제 다 왔나 여기가 거긴가

        아주 먼 여행 이렇게 짧은 끝

        누구 말을 해 줘 여기가 너의 끝

        이젠 다 왔다고 그만 안녕이라고

        누구 내 손 잡아 줘

        식어가는 체온 다시 눈 뜰 순 없어도

        나 웃을 수 있다고

        누구 말을 해 줘 누구 내 손 잡아 줘

        누구 나를 좀 봐 줘

        누구 날 어떻게 좀 해 봐

        그만 숨 쉬고 싶어

        죽음 알리는 사람들 와라

        아직 뜨거운 내 심장 가져 가 안—녕 !

가수   (노래) 산다는 것이 쉽진 않겠지

        아무도 없어, 남은 게 없어

        아주 먼 여행

        아직 끝나지 않았어

        나의 손을 잡아

        크게 한번 숨을 쉬어 봐

남자　그만 숨 쉬고 싶어

죽음 알리는 사람들 와라

아직 뜨거운 내 심장 가져 가

안―녕― (노래 끝)

노래 3―맹호들은 간다 (연주곡―장송곡 풍으로)

가수　그대 뜨겁게 불타오르던 심장 이제 식어져

차가운 돌덩이가 되기 전에

마지막 숨소리로 가슴을 열어

얼어붙은 핏방울 속에 숨겨 놓은 비밀을 이제 말하라

그대 죽었던 시간들!

대한늬우스의 오래된 파월 뉴스가 흐른다.

노래4―파월장병 아저씨께

여고생　월남에서 땀 흘리시는 파월장병 아저씨 보셔요.

머나먼 이국땅에서 얼마나 고생이 많으셔요.

여기는 겨울이라 발이 시려 동동거려요.

오늘은 시험을 보았는데 어려웠지만

아저씨의 용감한 모습을 그리면서

열심히 문제를 풀었지요.

내일은 황태자의 첫사랑 영화 보러 가요.

너무 좋아서 자꾸 웃음이 나요.

아저씨도 이 편지 보시고 웃었으면 좋겠어요.

지금 반장이 편지 재촉이 심해서

이만 줄일게요. 짧은 편지 미안해요.

부디 몸 건강히 제대하셔요. (노래 끝)

위정자가 마이크를 들고 나와 떠든다.

위정자   정부와 국회가 파병 결정을 내린 이유는

첫째, 자유 아시아 집단의 안전 보장에 대한 도의적 책임이며

둘째, 월남의 공산화 저지야말로 우리의 간접적인 국토 방위이며

마지막 세 번째 이유는 6.25 당시 자유 우방으로부터 지원을 받았

던 우리로서는 방관할 수 없는 공동운명의 의식 때문인 것입니다.

팡파르 울리며

파월장병과 가족들 나와 도열하고

위정자(爲政者)가 남자에게 군장을 차려 주고 쥐여 주며 자랑스러워한다.

남자   (명령을 받는다) 맹호! 신고합니다. 하사 김문석은 1967년 7월 1일

자로 월남 파병을 명 받았습니다. 이에 신고합니다. 맹호!

남자의 가족이 달려온다.

여동생   오빠!

남동생   형!

어머니   문석아!

동생   (남자의 동생) 성, 나두 갈 거야. 자원하갔어. 우리 둘 거이 합치믄
       셋방살이 면하고 어머니 모시는 기야 누워 식은 팥떡 먹기갔지. 해
       보자우 썅!

여동생   오빠, 라지오!

어머니   간나새끼래, 철딱서니하구는. 암것두 보내주지 말라우.
       저승 가서 너의 아바이한테 욕먹는 거나 아닌지 모르갔어야.
       금쪽 겉은 내 아들이 안남이 무에야….

여동생   챙피하게 안남이 뭐이야, 월남이지.
       (다시 확인시킨다.) 오빠, 라지오!

어머니   (주머니에서 종이에 꽁꽁 싼 것을 손에 쥐여주며) 아뭇 소리 말라우.
       기냥 빤스에다 차구 대니믄 다 조상이 돌보게 되는 비방이야. 남들
       헌테 뵈지두 말구, 잃어버리지두 말구…. 알갔지비? (돌아서 코를
       닦으며) 내 새끼 어드렇게 보내누….

위정자   (외친다) 승선!

       남자의 침대에 올라타는 병사들
       놀라는 가족들

어머니   (외친다.) 문석아, 살아서 돌아오라! 꼭 살아서 돌아오라!
       죽어도 살아서 돌아오라!

노래 5—맹호들은 간다

모두   …그 이름 맹호부대

맹호부대 용사들아!

군가 소리 높아지며 암전되는 무대.

밝아지면

남자 침대에 누워 있고

여자—딸이 침대에 앉아서 아버지를 조른다.

여자   (남자를 잡고 흔들며) 아버지 눈 떠! 아버지, 내 말 들리믄 눈떠! 아버지, 눈 떠! 내 말 들리믄 눈 떠! 우리 할아버지 주소는 함경남도 북청군 신창읍 토속리 1구 1033. (울먹이며) 울 아버지는 김문석 나는 김신창, 아버지 나 아퍼! 아버지 눈 떠! 나 아퍼-!

나두 아버지처럼 아퍼!

남자   (번쩍 손을 들어 여자아이를 향한다.)

여자   (껑충거리며) 우리 아버지 눈 떴어요! 아버지, 나 안 아퍼! 아버지, 난 안 아퍼! (넘어질 듯 달려나가며) 우리 아버지 눈 떴어요!

작은 남자아이(남자의 유년— 6.25가 나던 해 10세 아이)가

목에 굴렁쇠를 걸고 쭈볏거리며 온다.

남자   그만, 오지 마!

작은 남자가 멈칫한다.

남자가 등을 돌려 눕는다.

작은남자 (남자의 발치에서 묻는다.) 빨갱이가 뭐야? 영덕이가 나보고

빨갱이래. 빨갱이 좀 달래는데, 빨갱이가 어딨어?

영덕이는 할아버지가 아파서 피난도 못 간대. 빨갱이만 있으면

살 수 있다는데, 내가 어떻게 빨갱이를 주지?

사실은 영덕이네 피난 가는 거 싫다. 동무도 없는데

영덕이네까지 가믄 난 누구하고 놀아?

우리는 왜 피난 안 가지?

남자　　(돌아서 아이에게) 네가 빨갱이니까!

작은남자 아냐! 난 빨갱이 아냐!

남자　　네가 고향사람 다 잡아 먹은 빨갱이 귀신이니까!

작은남자 (악을 쓴다.) 난 빨갱이 귀신 아냐! 내가 어디가 빨개서,

왜 나만 보믄 모두 빨갱이라고 해!

작은 남자가 달려나간다

남자　　(호흡이 가쁘다.) 그래 난 안 빨게. 난 빨갛지 않아. 난, 난 몰랐어!

(그렇게 다 죽을 줄은) 몰랐어. (쓰러진다.)

노래 6—시간으로 가는 열쇠

가수   (전주에) 빨갱이, 빨갱이, 빨갱이~

남자가 헛손질로 가수를 부른다.
다가온 가수를 붙잡고 애써 입모양만 벙긋

가수   (남자의 입을 읽는다) 월남…, 사이공!
남자   (있는 힘을 다해) 후우엔~!

남자가 쓰러진다.

가수   후엔! 블루사이공~
        자 이제 또 떠나야지 아직 끝나지 않은 인생
        돌이킬 수 없는 시간 인생은 그런 거야
        지나버린 시간 흘러버린 시간
        어디로 가버렸나 잊을 수 없는 시간

        무대에 투사되는 파월용사의 젊은 사진들
        베트남전—사이공의 야자수 하늘 아래 젊은 청춘—병사들
        전우들이 있는 베트남 그때—그 전쟁 속으로 남자가 간다.

가수   시간을 거슬러 가
        하나둘씩 다시 생각해
        푸르렀던 지난 날

기억하긴 싫지만

마지막 숨소리로 다시 한 번 불러

어제 불어왔던 바람을 잡아 볼 수 있다면…

블루사이공

블루사이공

블루사이공…. (노래 끝)

네이팜탄 난무하는 베트남전이 투사되는 무대에

전장의 그림자로 오는 핏강의 여인들

노래 7—원 달라 1

포주   사이공에 밤이 오면 원 달라 손에 쥐고

가랑이를 벌려 오 기브 미 원 달라

눈물의 밥이 되고 오 기브 미 원 달라

원수의 몸을 찢는 총알이 되네

원 달라에 썩어 버린 몸뚱일지라도

내 두 눈은 기억하리라

원 달라 너의 눈물

내 입을 열어 말하리라

원 달라 너의 피

노래 8—원 달라 2

여인들	somebody anybody one dollar one dollar
	nobody everybody one dollar
	somebody anybody one dollar one dollar
	nobody everybody one dollar
	한 번만 나를 물어 봐요 뱃속이 따뜻해져
	두 번 물리면 편지 써요 고향에 편지 써요
	당신 배를 타고 나는 갈 수 있어
	분단장하고 가요 몸단장하고 가요
	핏강이 마르는 날 사랑할 수 있는 곳
	somebody anybody one dollar one dollar
	nobody everybody one dollar
	어제는 핏-강에 낚싯줄 드리웠죠
	오늘은 핏-강에 미끼를 던질게요
	내일을 드릴게요 나를 가져요
	one dollar one dollar
	somebody anybody one dollar one dollar
	nobody everybody one dollar
남자들	oh yes come on baby saigon
	how much short time saigon
	you are my sunshine
	how beautiful you are
드엉	눈먼 자들의 꿈을 펼쳐 놓은 사이공
	메이드 인 USA 시레이션 박스 사이공

부비트랩 크래모아 밀리터리 슈퍼마켓 사이공

달러 파티 섹스파티 쓰레기 사이공

모두 somebody anybody one dollar one dollar

nobody everybody one dollar

어제는 핏-강에 낚싯줄 드리웠죠

오늘은 핏-강에 미끼를 던질게요

내일을 드릴게요

나를 가져요

one dollar! one dollar! one dollar! one dollar!

somebody anybody one dollar one dollar

nobody everybody one dollar (노래 끝)

드엉 레이디스 앤 젠틀맨 다~트 스타트!

파라다이스 클럽 간판이 내려오고

다트 판에 여자 아이가 묶여 나온다.

사람들 온몸과 발을 굴러 GO! GO! GO!를 외친다.

술에 취한 미 병사가 돈을 내고 칼을 던지는 게임을 한다.

던지는 칼이 여자를 빗겨가자 다트 판 위로 뛰어 올라가

여자를 폭행한다.

드엉이 따라 올라가서 미 병사를 발로 찬다.

아수라장이 되는 파라다이스 클럽

노래 9―다트큐 (레드 사이공)

락커   여기엔 자유가 꿈틀대고 있어

오늘은 모든 걸 잊어버리는 거야

여기엔 내일은 존재하지 않아

내일은 오늘이 지나간 오늘일 뿐

이젠 더 이상 꽃이 피지 않아.

미래는 더 이상 존재하지 않아.

자본으로 덮어 버린 혼돈의 정글 속에

잘려 버린 손발과 썩어진 영혼

오호 뷰티풀 사이공 오호 레드 사이공

포탄 구덩이에 던져진 내 청춘

깨지 않는 악몽 속에 묻혀 버린 내 사랑

민주주의의 축복과 미국식 자유를 위해

발을 굴러 찬양하라 베트남!

죠니워커 목을 잡고 빙빙 돌아가는 세상 위로 칼을 꽂아라

결코 잠들 수 없는 베트남

죽기 전엔 눈 감을 수 없는 베트남

뜨거운 이 가슴 내밀어 이 밤을 너희에게 선물하리니

원 달라 소리치며 죽음을 노래하라 (노래 끝)

빨간 아오자이의 여인 후엔이 술에 취해 비틀거리며 들어선다.

붙잡는 드엉. 뿌리치는 후엔.

후엔   (남자들에게 가서 안기며) 원 달라, 원 달라!

드엉, 후엔을 잡아 세운다.

후엔   비켜!

드엉   네 자리로 돌아가!

후엔   싫어, 놔!

드엉   미쳤어?

후엔   그래 미쳤다. 하이 베이비! (천박하게 허리를 비틀며)

       원 달라? 캄온 캄온!

드엉이 후엔을 밀치자

후엔이 바닥에 나동그라진다.

노래 10—후엔의 꿈

후엔   여기가 어딘가 내가 누군가

       지금은 언제인가 누구 가르쳐 줄 사람

       난 여길 몰라

       지금의 내가 너인가

       오늘은 어떤 꿈인가

       한마디만 해 줘요

       이젠 잃어버린 나

나를 찾을 수 있을까

나를 아세요?

가르쳐 줘요 날 볼 수 있다고

아름답던 고향 하얀 아오자이 속에

흩날리던 나의 꿈 내 남자를 아세요?

그는 내 안에 넘치던 샘물

우릴 갈라 놓은 바람 무거운 바람

나를 데려가 줘 (노래 끝)

드엉   (후엔 목을 잡아 쥐며) 정신 차려!

오늘 일은 보고하지 않겠어!

후엔   이젠 그만 할래! (빌며) 제발 드엉,

차라리 날 전선으로 보내라고 해.

이제 더 이상은 못하겠어!

드엉   (팽개치며) 돌아가! 프랭크 대령, 카혼 소장,

두 놈 중 하나라도 건져, 안 그러면 우린 전멸이야!

미병사   (드엉에게) 원 달라?

후엔   (영어) 저리가 이 돼지야!

미병사   (후엔을 잡아 안으며–영어로) 이리 와, 요 귀여운 암코양이.

엉덩이 한번 끝내주는데?

후엔   (사내를 치며) 만지지 마! 만지지 마, 이 새끼야!

미병사   (영어) 점점 더 죽이는데? 아주 좋아. 자 한번 맛보라구. 죽여줄게.

(여자의 교성을 소리내며) 히히히! 환장할 거야.

드엉   (미 병사의 뒤에서 바짝 총을 들이대고 영어로)

이 드러운 돼지, 당장 네 나라로 꺼져!

후엔이 미 병사에게서 벗어나자, 드엉이 방심한 틈을 타

미 병사가 드엉의 총을 뺏어 든다.

일순, 살기가 감도는 파라다이스 바

들어서는 남자―김문석 중사와 하일병.

미 병사, 총을 들고 드엉을 위협하며 발길로 찬다.

후엔   (얼른 김문석에게) 헬프 미 따이한!

          플리스 헬프 미 따이한!

드엉   (맞으면서도) 후엔, 어서 가!

후엔   헬프 미 따이한!

김상사의 공격에 미 병사가 놓치는 총을 잡는 드엉.

총소리 들리며 미 병사 총을 맞고 앞으로 넘어지고,

드엉이 후엔을 노려보며 도망친다.

호루라기 소리, 군화 소리 요란하게 들려온다.

후엔이 김문석의 손을 잡고 달려 나가는 무대.

암전.

다시 밝아지면 후엔의 집

촉수 낮은 백열등 불빛 아래 후엔과 남자.

후엔	(집에 마련된 조상 신위 및 초상 사진들 앞에 차를 올리고 절을 한다. 남자 앞에 서며) I'm huen
남자	I am Kim moon suk
후엔	김 문 석.
남자	This picture your family?
후엔	Yes! (웃으며) This picture my family!
	(사진을 가리키며) My grandfather, France war 빵빵 윽 die!
남자	마이 그랜드파더 대한독립만세 만세 만세!
	자펜 빵빵 윽 다이 유 베트남 나 코리아 셈셈.
후엔	(웃으며) 셈셈? (다른 사진을 가리키며) grandmother.
남자	베리 뷰티플!
후엔	French torture(고문),
남자	터―어―쳐?
후엔	음, (생각하며) 아, (손가락으로 자신을 가리키며) 그랜드마더 (손가락으로 남자를 가리키며) you, French man (문석의 손을 들어 자신을 때리는 시늉을 하며) 악, 악! (죽는 시늉) die!
남자	(얼른 손을 빼며) 오케이 오케이. 자판 쌤쌤 (총 쏘는 시늉하며) 코리아 매니 매니 빵빵 다이 다이, 셈셈 (땀을 닦는다.)
후엔	(남자를 살핀다.) you o-key?
남자	(외면하며) yes yes! (다른 사진을 보며) who?
후엔	my father! 프랑스와의 8년 전쟁 때 돌아가셨어요.
남자	(사진을 보며) 아버지!
	(얼른 다른 사진을 들어 보여준다.) 베리 나이스 맨!

후엔   (사진을 받아 보며) my love…, 몰라요. 정말 사랑했는데…, 그 사랑
　　　에 대한 기억보다는 누군가 그의 시체를 불태우는 모습, 불도저로
　　　구덩이에 쓸어 넣는 모습, 그런 게 자꾸 보여요. 내가 본 것도 아닌
　　　데…. 네이팜에 화장당하는 그 사람!

노래 11—후엔 BLUE

무대에 베트남 민중의 한 맺힌 귀곡성이 너울진다.

후엔   그의 귀가 잘리고 죽은 입에 꽂힌 말보로
　　　B52 폭격기 또렷하게 보여요
　　　산산히 부서진 그의 몸뚱아리
　　　내가 본 것도 아닌데 또렷이 보여요 (노래 끝)

남자   (호흡 거칠어지며) Please 물 water! water!
후엔   water? just moment please! (달려 나간다.)

　　　어둠에 휩싸인 무대로 폭탄의 섬광 번쩍이고,
　　　남자의 기억—6.25 당시 고향
　　　작은 남자가 인민군 앞에 떨고 서 있다
　　　남자의 아버지와 어머니가 인민군에게 처참하게 맞은 채
　　　끌려 나온다.

남자   아바이, 어마이!

인민군   (부모에게 총을 겨누며) 자, 문석아. 학교 운동장에서 굴렁쇠를 굴릴
        때, 국군들이 들어왔지? 그때 태극기를 들고 사람들이 따라왔어.
        자, 누가 있었는지 말해!

아버지   (피투성이 얼굴로) 문석아, 아이 된다!

인민군   (아버지의 머리에 총을 댄다) 이 쌍간나 새끼!

남자   (두 손으로 입을 막아 쥔다.) …!

인민군   (총을 쏠듯이) 국군 환영식에 나간 반동분자들이 누군지 말해!

작은남자 (얼떨결에) 영덕이 아재!

어머니   문석아!

작은남자 어마이!

아버지   말하믄 아이 된다!

        인민군이 허공에 총을 쏜다

인민군   자, 누구야? 말하지 않으믄 네 어마이, 아바이부터 쏴 죽이갔음.
        누구야?

작은남자 필성이 아바이, 용금이 할매, 감골 아지매, 웃골 아재, 영덕이 삼
        촌… 칠용이 형아, 옥자 어마이!

        작은 남자가 이름을 말할 때마다 총소리가 울린다.
        남자가 심하게 몸을 떨며 땅바닥에 머리를 짓찧는다.
        후엔이 남자에게로 달려와 남자의 머리를 안아 쥔다.

막 드엉이 몰래 들어선다.

후엔, 발버둥질치는 남자를 붙잡으며, 진정시키려 애쓴다.

막 드엉, 칼을 곧추세우고 다가선다.

후엔   (드엉 보고) 아악! 그러지 마. 이 남자 찌르지 마! 이 사람, 무서워서
       그래. 이 사람 떨고 있잖아. 날 해치려는 게 아냐. 제발, 드엉! 이 사
       람에게서 좋은 정보를 얻을 수 있을지도 몰라.

드엉   이런 똥개가 알긴 뭘 알아!

후엔   (단호하게) 갈게, 가면 되잖아. 제발…. 갈게. 이 사람을 해치지 마.
       하라는 대로 내가 다 할게. (발광하는 남자를 잡으며 영어로) 괜찮아
       요, 괜찮아! 여긴 안심해도 돼요. 무서워하지 말아요!

드엉   (손으로 남자를 내리친다.)!

후엔   드엉!

늘어지는 남자의 몸. 드엉, 남자를 찌를 듯이 칼을 곧추세운다.

후엔 자신의 몸을 방패로 삼아 막는다.

후엔   (단호하게) 이젠 그만! 드엉!

드엉   내일 7시. 카혼 소장 파티야.

드엉, 칼을 내리고 달려 나간다.

남자   (서서히 깨어나 울며 몸을 떤다.) 아바이… 흑흑….

후엔이 조용히 손을 내밀어 남자의 등을 어루만진다.

노래 12—월남 자장가 (베트남 소리)

후엔이 남자를 안아 준다.

마치 어머니처럼 자장가를 불러 준다.

자신이 안아 보낼 수 없었던 자신의 남자를 위해 그러듯

조심스럽게 남자의 상처를 보듬어 주며

암전~

조명 밝아지면

파월 막사

비행기 소리 들리며 고엽제가 하늘에서 구름처럼 내린다.

병사들이 옷을 벗어 던지고 신이 나서 고엽제를 몸에 맞는다.

최이병　　(몸의 이곳저곳에 약품을 맞으며) 분대장님!

　　　　　저게 비행기예요, 구름이에요?

정상병　　(팔굽혀펴기를 하며) 짜식들, 요즘 시계청소를 꽤 자주 허는데?

공일병　　(누렇게 죽은 벼 포기를 들고 들어온다.) 저눔의 비행기!

　　　　　야이 개새끼들아! 느이 땅에나 고엽제 뿌려라,

　　　　　이 개새끼들아! 저눔의 고엽제 땜에 벼가 다 말라버렸네~.

하일병　　(과도하게 고엽제를 맞다가) 와 쓰벌 입에 들어갔어!

　　　　　(진저리를 치며 침을 뱉는다.) 퉤! 퉤! 퉤엑! 와 쓰벌 아우 써!

배병장　　(팬티에 바느질하며) 네, 회충약이 별거야? 재주 좋은 놈은 다르다니

까. 월남 와 회충약값꺼정 벌고 가네. 콩까이한테 빠져서 도끼자루 썩는 줄 모르지 말고 구석구석 잘 맞아 둬.

하일병　아따 배병장님도. 진짜 콩까이한테 빠져서 도끼자루 썩는 줄 모르는 사람은 따로 있습니다.

배병장　누구?

하일병　누구긴 누굽니까 분대장이지. 거시기 파라다이스에서 만난 콩까이 있지 않습니까?

정상병　아가씨 얌전하더만….

하일병　얌전한 고양이 부뚜막에 먼저 올라간다고, 지금 두 사람은 불이 막 붙어 버려서 겁나 활활 타올라 엄청 뜨겁습니다. 백도 이백도 천도 막 올라갑니다.

공일병　그래서 요새 분대장이 짜웅짜웅 하고 다니는구만.

정상병이 배병장 곁으로 슬쩍 다가가 팬티를 훔치려 한다.

배병장　(잡아채며) 안 된다니까.

정상병　하나만 주쇼 (귀엽게) 짜웅 (어르신)~~.

배병장　정 아쉬우면 담배랑 바꾸자니까. 넘의 마누라 빤스를 꽁으루 먹냐?

최일병　(순진하게) 정말 그 빤스 있으면 총알이 비껴가요?

정상병　(삐져서) 꼬두쇠 자린고비가 울고 가겠네.

배병장　야, 너는 빤스 하나 보내줄 여자도 없냐?

정상병　없어요, 없어! 빽도 없고, 여자도 없고, 전쟁고아요!

배병장   너도 오남매 애비 되어 봐라. 자식새끼 굶어 죽이지 않으려면

             자린고비가 대수냐?

             무대로 날라드는 수통

             놀라는 군인들

하일병   (수통 들고 일어서며) 앗 쓰벌 누구야, 어떤 새끼야?

             긴장 속의 무대― 우편상병이 남자와 함께 들어선다.

우편상병   앗, 기다리고 기다리던 편지 왔어요!

             군인들 좋아서 함성을 지르며 달려가

             우편상병 주위로 모여든다.

노래 13―편지 1

우편   아, 기다리고 기다리던 편지 왔어요

군인들   아, 기다리고 기다리던 편지 왔어요

우편   뭉게구름 수평선에 둥실 뜬 님의 얼굴

             옥색빛깔 넘실대는 파도 위에 그리던 고향산천

군인들   아, 기다리고 기다리던 편지 왔어요

우편   당신과 나 사이에 바다가 육지라면

	벌써 벌써 왔을 편지
	기다림이 무언지 몰랐을 텐데
우편+군인들	아, 기다리고 기다리던 편지 왔어요
	아, 기다리고 기다리던 편지 왔어요
우편	작별이냐 이별이냐
	하염없이 흐르는 눈물 감추며
	손수건만 애달프게 흔들던
	그리운 님 소식 담은 연분홍 편지
우편+군인들	아, 기다리고 기다리던 편지 왔어요
	아, 기다리고 기다리던 편지 왔어요
우편	편지봉투도 제각각
	주소도 동서남북 제각각이래도
	사연은 한 가지
	소원도 한 가지
공동필	(대사로) 우리 집 누렁이가 새끼를 낳았다!
우편	(대사로) 공똥필이 장가갈 밑천이다!
우편+군인들	아, 기다리고 기다리던
	아, 기다리고 기다리던
	아, 기다리고 기다리던
	편지, 편지, 편지!! (노래 끝)
하일병	(우편상병을 졸졸 따라다니며) 일병 하일수!
우편	뭣을 어쩌라고? 읎는 편지를 제조혀서 줘 어째?
하일병	(배낭을 뒤지며) 그러지 말고 어서 내놔요!

우편	하, 그쉐끼 (배낭을 찾아 남은 한 통을 들고) 이건 내 편지여!
	(편지를 흔들며) 받는 사람 '오봉팔' 이 몸이시고
	보낸 사람 김복녀, 내 거시기니!
하일병	(성질내며) 내가 언제 그깟 편지 달라고 그랬어요?
	담배나 한 까치 달라 그랬지! 양순아~ (운다.)
우편	(편지로 하의 머리를 때리며) 에라이 무식한 까막눈아,
	남 글 배울 때 뭐했냐?
하일병	(편지를 뺏어들고) 염천교 밑에서 구두 닦았수, 야 먹물!
최이병	(달려오며) 예, 먹물 최민혁!
하일병	(편지를 주며) 읊어라!
최이병	(읽어준다.)
하일병	(이미 외워서)
최,하(같이)	서울시 마포구 도화동 산 8번지 정양순

노래 14—편지2

최	(이하 모두 노래로) 어제는
하	어제는
최	그대 없는 남산 길 걸었죠
하	보고 싶어
최	우산도 없이 비오는 거리 당신도 없이
하	양순아!
최+하	우리 늘 함께 걷던 거리

추억은 빗물 되어 흐르죠

빗물은 그리움이 되어요

배병장   언제나 눈물이 먼저 읽는 당신 편지

사연마다 새겨진 당신 사랑

목 메이도록 그리운 내 사랑

공일병   어머니 어젯밤 꿈에 오신 어머니

그동안 너무나 야위셨어요

정상병   전사냐 불구냐, 인명은 재천

사나이 한평생 어디 간들 다를소냐

남자   우리를 지켜주소서

나라 위해 사랑 위해

전쟁에 몸을 던진 운명

지켜주소서 돌보소서

배병장   (대사로) 종순아 기다려라, 아버지가 간다!

군인들합창 사랑해 (사랑해요)

기다리겠어요 (기다려)

돌아와 (돌아와요)

반드시 돌아오세요 (반드시 돌아가리라)

전쟁터 (전쟁터)

총알이 빗발치는 전쟁터 (전쟁터)

그대 사랑으로

이 목숨 지켜내리니

내 고향 부모형제 내 사랑 내 품으로

반드시 살아가리라 살아서 돌아가리라 (노래 끝)

(1막 끝)

2막

무대에 파월 시절 대한늬우스 파월장병 위문 쇼의
뉴스가 투사된다.
파월장병 위문공연 가설 쇼 무대.

노래 15—서울구경 (강홍식 노래-유쾌한 시골영감)

서영춘　시골영감 처음타는 기차놀이라

　　　　차표 파는 아가씨와 승강이 하네~~~~~

　　　　맹호! 반갑습니다.

　　　　여러분의 서영춘 인사드립니다.

　　　　날이면 날마다 삼복더위요

　　　　일년삼백육십오일이 초복, 중복, 말복 찜통더위라

　　　　머나먼 타국땅 월남이라 베트남에서

　　　　정글에 우글거리는 흡혈거미와 뒹굴며

　　　　날아오는 총알 피하랴

　　　　수류탄 피하랴

　　　　베트콩 잡으랴

　　　　애국애족 역군 여러분 얼마나 수고가 많으십니까

　　　　죽네 사네 힘이 드네, 안 드네, 뭐니 뭐니 따져도

그중에 으뜸이 본국에 두고 온 거시기하고

거시기 하던 그것이 그중 으뜸 거시기라!

여러분의 서영춘 여러분 찾아 월남땅까지

빈손으로 왔느냐

아닙니다, 아닙니다. 품바라품바 품바바

(팬티를 꺼내 들고) 요것이 무엇이냐?

여러분의 거시기를 화끈히 풀어줄 거시기!

날아오는 총알이 피해간다는

거시기 중의 거시기―불사명의 팬티!

본국에서 날아온 아리따운 아가씨들이

여러분에게 선사합니다.

울렁울렁 울릉도,

내 고향 "울릉도 트위스트~ 이씨스터즈와 이쁜이들!!!!"

노래 16―울릉도 트위스트

이씨스터즈와 무희들이 나온다

객석으로 던져지는 팬티들

이씨스터즈 안녕하세요, 파월 장병 여러분!

여러분의 '이씨스터즈' 인사드립니다.

자랑스런 파월장병 여러분의 무사귀환을 위해

이 밤도 정화수 떠놓고 빌고 있는 그리운 어머니가

기다리고 계십니다.

그리고 여러분의 어여쁜 아내, 사랑하는 연인이

기다리고 있습니다.

부디 살아서 꼭, 살아서 돌아오십시오! 맹호!

(노래한다.) 울렁울렁 울렁대는 가슴 안고 ~ ~ ~

암전된다.

밝아지는 무대는

공일병 고향집의 평상

공의 어머니가 샴푸 병을 들고 들어와서

볼에 대고 비비며 노래를 흥얼거린다.

양촌댁   (섬집네와 들어서며) 똥필 엄니!

섬집네   양쫘자나 보내믄 되얏지, 뭘 또 주신대유? 똥필이 양쫘자 때미

         애덜 입맛 버려놔서 큰일 났시유.

양촌댁   되는 집안은 다르다니께요.

         금순이 그년두 좀 바지런했시유? 국민핵교 졸업허자마자 대처루

         다 가서는 식모 살더니, 금방 도회지 눈을 떠갖구 방적공장 다녀

         서, 그냥 광목을 때마다 한 필씩 보내구….

공어머니 그년두 내질러놨을 땐 어디 사람 구실 헐까 싶두만 제법이여.

섬집네   지 성이 그러니까 똥필이두 한몫 허잖어유. 땅두더진 줄만 알았던

         똥필이가 월남 가서 구미구미 보낼 줄 뉘 알었시유?

양촌댁   성님은 이전 어느 바람이 들이불랴 허구 살것구만유.

공어머니 (샴푸를 내놓으며) 이거 써들, 쌈뿌라느만….

양촌·섬집 이것이 쌈뿌여유?

섬집네   이것이요? 오매 이것이 쌈뿌구마이! 근데… 뭣에 쓴가요?

공어머니 양년들 영양- 뭐시기라는구만.

섬집네   물구리무?

공어머니 그려 물구리무. 아이구, 깜빡혔네.

섬집네   (애써 열어 바른다.) 워치키 영양이 좋은가 미끈덩미끈덩 허네요.

양촌댁   워디 나두….

섬집네   성님 것두 있잖요…. 위매 위매 금방 얼굴에 주름이 쫙쫙 펴지듯기
         땡기네유.

공어머니 그랴? 워치키, 나두 발라 볼거나?

섬집네   바르세유. 똥필이 덕에 새각시되것시유.

양촌댁   워치키, 그럼 다시 가마 타는 거유?

공어머니 타지 뭐.

양촌댁   아자씨 큰일 났시유! 똥필이 엄니 바람났시유!

모두   호호호, 하하하!

         웃음소리 요란하게 높아지며
         암전

         월남의 달밤―후엔과 김문석.
         후엔의 하얀 아오자이가 푸른 어둠 속에 빛난다.

노래 17—내 안에 사랑 있어요

남자   (달을 보며) 추석.

후엔   추석. 쭝투?

남자   쭝투. 추석.

후엔   추석.

남자   고향에 못 가긴 마찬가지군.

후엔   우리 고향의 그 아름다운 쭝투 축제를 보여주고 싶어.

          엄마가 이 사람을 보면 뭐라고 그럴까? 눈을 감아요.

          당신을 고향에 보내 드릴게요.

남자   함경남도 북청군 신창읍 토속리 1구 1033번지

          그 우물엔 아직도 파란 하늘이 놀러 올까?

후엔   내 안에 사랑 있어요, 우리 둘만의 사랑 있어요.

          내 안에 당신 있어요. 그대 목소리 그대 숨소리

          하늘같았으면 바다 닮았으면 당신 닮은 아이

          freedom 우리의 자유

          wisdom 아이의 지혜

          kingdom 우리만의 왕국 (노래 끝)

남자   (놀래서) 후엔, 정말?

후엔   (배를 가리키며) 여기 우리 아기~.

남자   (감격하여) 아, 후엔~.

남자가 후엔을 안고 돈다.

남자	(감격에 겨워) 후엔, 아이를 낳으면 북청이라고 해 줘.
	또 아이를 낳으면 신창이라고 하고, 셋째 놈은 토속이야.
	당신이 기억해 줘.
	나 죽으면 당신이 아이들 데리고 가야 해.
후엔	부탁이에요. 제발, 이번 작전엔 가지 말아요.
	도망가요 우리!
남자	(안돼!) 후엔!
후엔	모두 다 서로를 죽일 거예요. 이 케산 전투는….
남자	케산이라고? 어떻게 알았지 후엔?
후엔	(당황하며) 당신이 케산이라고 하지 않았나요?
남자	난 작전지를 알지 못해!
후엔	아, 제가 착각했어요.
남자	후엔, 군인은 명령을 따를 뿐이야. 그 명령이 옳은 것인지 그른 것인지에 대한 평가는 우리들 몫이 아니야. 우리는 군인이고 혹시 생길지도 모르는 한번 쓰이는 순간을 위해 훈련했고, 우리의 몫은 이제 이 월남에서 총을 내갈기는 거지. 그곳이 케산이든 또 다른 당신들의 남자가 됐든…. 그것이 전쟁이겠지.
후엔	당신은 바보예요. 왜 당신이 우리 전쟁에 죽어야 하죠?
	난 당신을 보낼 수 없어요. 당신은 날보고 당신 고향 주소를 외우라고 하고, 난 여기서 당신이 네이팜탄에 화장 당하는지, 아니면 부비트랩에 걸려 갈갈이 찢겨지는지 상상하고 주소나 외우면 그만이군요. 누구를 위해 기도를 하나요. 내 형제를 위해서? 당신을 위해서? 모두가 적으로 만나는 당신들, 누구를 위해서 기도하지

요? 모두 다 죽을거예요 제발 이 전쟁에서 도망가요 우리!

남자   어디로 후엔? 우리가 어디로 도망 갈 수 있지?

우리는 도망 못 가!

노래 18—가지 말아요

후엔   나만 홀로 여기에 남아서

허공에 당신을 묻어 두고서

그대 없는 세상에 눈물로

허공에 당신 얼굴 그리고 있어

나만 홀로

그대의 추억에 잠겨서

사랑의 무덤 되어

내 가슴에 남은 그대 눈물 강 되어 흐르고

닿을 수 없고 만질 수 없는

그대 사랑 허공에 숨어 찾을 수 없어

사랑이란 이별을 약속한 운명

사랑이란 운명에 눈멀게 해요

제발 나를 떠나지 말아요

우리 사랑 여기 이대로 살게 해 줘요

남자   그대 홀로 나도 없이

추억 속에 사랑의 무덤 되어

운명에서 날 구해 줘

그대 안에 그대 사랑에 살고 싶어

그대 가슴에 얼굴을 묻고 난 잠들고 싶어

나 없는 세상에 홀로 남겨 두고 싶지 않아

그대를 두고 떠나야 하는 운명

그대 가슴에 나를 묻고 가네

후엔	사랑해요
남자	우리 사랑 이별을 약속한 운명
후엔	사랑해요
남자	사랑해 널 사랑해
후엔	사랑해요
남자	눈물은 제발 보이지 말아 줘
후엔	사랑해요
남자	그대를 두고 난 떠나야만 해
후엔	사랑해요
남자	사랑해 널 사랑해
후엔	사랑해요
남자	이별은 제발 말하지 말아 줘
후엔	가지 말아요
같이	내 가슴에 남은 그대 눈물 강물 되어 흐르고
	닿을 수 없고 만질 수 없는 그대 사랑
	허공에 숨어 찾을 수 없어
	하늘이여 당신께 빌면 되나요
	제발 우리 사랑 여기 이대로 살게 해 줘요 (노래 끝)

남자 나는 명령을 받는 군인이야. 선택은 내 몫이 아니야. 다시는 우리처럼 월남전에 동원되는 것 같은 역사가 없어야 해. 그러나 그것은 우리를 월남에 보낸 사람들이, 우리를 월남으로 부른 사람들이 해야 될 일이지. (후엔 손을 잡으며) 미안해 후엔. 당신이 고향 주소를 기억하고 있다는 것만으로도, 어느 전투에서든 난 안심할 수 있을 거야.

후엔 외우겠어요. 가르쳐 주세요.

남자 고마워 후엔. 북청군, 자 북청군….

후엔 북청군….

남자 (고개를 끄덕이며) 신창읍….

후엔 신창읍….

남자 토속리….

후엔 토속리….

남자 일공삼삼번지….

후엔 (울며) 난 외울 수 없어요.

    내가 이걸 외우면 당신은 오지 않을 거예요.

남자 후엔! (끌어안는다.)

노래 19―하늘의 자손들

쭝투(中秋)―제등행렬을 하는 사람들.

후엔 위대한 바다의 왕 락 옹 쿠안 그는 태양의 제왕

　　　　　　산신의 아름다운 딸 아우 코 그녀는 달의 여왕

남자　　　아주 오랜 옛날 얘기 천제 환인의 아들 환웅천왕

　　　　　　인세의 아름다운 여자 웅녀 만나 태초의 임금 단군

후엔　　　사랑한 그들은 결혼을 했죠―

남자　　　아사달을 기억해―

후엔　　　100명의 아들을 낳았죠―

남자　　　당신이 찾아준 기억―

후엔　　　그들이 양 츠 키앙에―바크 비엣 왕국을 건설했죠―

남자　　　잊었던 기억―

후엔　　　왕국은 융성했죠―

남자　　　신단수 아래 사람들―

후엔　　　아무도 남을 해치지 않았죠

남자　　　그들은 서로 사랑했고

후엔　　　함께 노래하며 살았죠

남자와 후엔　우린 모두 하늘의 자손

　　　　　　태양과 달 모두 안을 수 있는

　　　　　　지혜 용기 사랑으로 만들어진 왕국 그 나라에서

　　　　　　당신과 함께 사랑하고 싶어

　　　　　　쭝투의 오색 등불이 무대를 수놓는 사이로

　　　　　　두 사람의 긴 입맞춤.

　　　　　　암전

무대는

핏빛 안개 자욱한 정글 속

숨어 들어오는 군인들

노래 20—정글

군인들　　여기도 없어,

　　　　　아무도 없어,

　　　　　함정에 빠졌어,

　　　　　함정!

하일병　　(뒤처져 들어와 무릎을 꿇고 머리를 땅에 대고 박고 토한다.) 욱, 욱!

배병장　　야, 하일병 그만 해! 김상병이 부비트랩에 죽은 게 어디 하일병 잘

　　　　　못이야? 그리고 고향사람, 고향사람 하는데 여기 다 동포 아닌 놈

　　　　　어딨어?

공일병　　오늘이 마지막 작전이라고 좋아했는데…. 이 콩들이 다 어디로 숨

　　　　　은 거죠? 정글이, 아니 이 땅덩어리 전체가 다 베트콩 같애요.

하일병　　(허리춤에서 팬티를 꺼내 머리띠에다 끼우며) 양순아,

배병장　　씨-발! 위에서 전과 전과 하니까 모두 제정신이 아냐.

공일병　　도대체, 씨발! 우리더러 뭘 어떻게 하라는 거야? 우리가 백정 노릇

　　　　　하러 월남 왔나?

최이병　　정말로 콩들한테 잡히면 몸을 마디마디 자르고 껍데기까지 벗기

　　　　　나요?

하일병　　저 개-씨. 그렇잖아도 살 떨려 죽겠는데. 너 증말 죽을래?

배병장   걱정 마. 하일병 명줄은 쇠심줄이니까.

최이병   저두 봐주세요!

배병장   (머리를 치며) 정신 차려!

공일병   (노래) 이 냄새 냄새 죽음의 냄새

정상병   자꾸 멀어지는 고향하늘

           돌아갈 수 있을까

배병장   여보 종순아 종남아 기다려

           이 아버지 반드시 돌아간다.

모두   죽음의 정거장에 함께 선 전우여

           죽어도 함께 죽고 살아도 함께 살자던 우리 맹세

           굳게 서로 손 잡았던 그날

           우리 가자 고향에

           흙이라도 함께 가자 전우여 (노래 끝)

남자가 무전병과 같이 들어온다.

배병장   (남자에게로 달려와) 여기도 텅 비었습니다. 어떡허죠?

남자   놈들의 함정에 빠진 거 같은데….

배병장   콩 새끼들이 우릴 속이려고 일부러 진지를 비운 게 틀림없어요.

하일병   (혼잣소리로) 함정에 빠져.

남자   좋아, 여기서 10분간 휴식하면서 명령을 기다린다.

           사주경계 들어가고….

하일병   (남자에게 거칠게) 갑시다.

공일병   일수야!

하일병   씨발, 함정에 빠졌다잖아, 그럼 나가야지 돌아갑시다!

배병장   하일병!

하일병   (질려서) 나 이 정글에서 죽기 싫다고!

정글의 그림자가 서서히 조여 온다.

노래 21—케산

병사들   베트콩

산도 하늘도 물도 베트콩

땅도 나무도 모두 베트콩인데

도대체 난 뭐야

왜 날 죽이지

왜 우린 죽어야만 하나?

왜 하필 나야?

내가 왜 여기 있어야만 하나?

환청   라이 라이 따이한….

하일병   (허공에 총을 겨눈다.) 나와, 나와!

환청   위아 붕붕 오케이….

하일병   (무작정 총을 겨눈다.) 나와 이 콩들아!

공일병   하일병, 정신 차려 이 새끼야!

배병장   너 미쳤냐?

하일병	미치고 싶어!
	미쳤으면 좋겠다 제발!
남자	하일병, 우린 돌아가.
하일병	갈 수 없어!
	죽을 거야!
	내가 왜 여기서 죽어야 하는지도 모르고
	내가 왜 여기서 싸워야 하는지도 모르고
	명령해 모두 다 죽이라고 명령해
	움직이고 서 있는 모두가 베트콩
	어떻게 적군하고 해충만 죽여
	모두 죽을 수 없어
	이대로 당할 수는 없잖아
	모두 다 죽이라고 해 줘 제발
	어서 빨리 집에 갈 수 있게
배병장	이건 전쟁
군인들	명령해
배병장	미친 전쟁
남자	조금만 기다려
군인들	우린 살아서 돌아가야 해
	머뭇거릴 시간이 없어
	명령을 내려
남자	우리는 사람이야
	살인자가 아니야

　　　　　명령을 내릴 수는 없어

하일병　전쟁에 사람 노릇

　　　　　개소리 집어쳐

　　　　　염통을 찢는 총알과

　　　　　대검이 목을 뚫어 버리는

　　　　　이 지옥에 사람 노릇

환청　　라이 라이 따이한

　　　　　위아 붕붕 오케이

하일병　라라이 따이한! 라라이 따이한

　　　　　숨이 막혀.

군인들　명령해 제발

　　　　　총을 쏘라고 명령해 제발

　　　　　명령해 제발

　　　　　돌아서 갈 수 있게, 살아서 갈 수 있게

　　　　　명령해 제발

　　　　　총을 쏘라고 명령해 제발

　　　　　명령해 제발

　　　　　돌아서 갈 수 있게, 살아서 갈 수 있게

남자　　모두 정신 차려

　　　　　전쟁은 끝날 거야

　　　　　우린 돌아간다.

하일병　믿을 수 없어, 혼자 갈 거야

　　　　　믿을 수 없어, 혼자 갈 거야 (노래 끝)

남자, 하일병을 때린다.

정글이 움직인다.

놀라는 군인들—사주경계에 들어간다.

정글 속에서 소녀가 나온다.

소녀   (엄마를 찾으며) 네어이 네어이~ (엄마 엄마)

        (무서움을 이기려 노래한다.)

        짜우린 바 짜 미누라이

        고잉짜왜짜 꽁꽁예

        꽁꽁예례네 미누라이

        웅바 야마싸마

        보이 까이 까이

        소녀의 어머니 정글에서 나와 부른다.

여인   투이, 투이!

소녀   네어이! (엄마에게 달려간다.)

여인   엠머라우? 리리! 니목넌 꽁트 너이?

        (어디 갔었어? 가자! 혼자 다니면 어떡해?)

        공일병과 하일병이 소녀와 여인을 잡고 수색한다.

소녀   (놀라) 네어이!

여인   투이! 꽁사우라우 루사우.

        (투이! 걱정하지마)

남자   당신 누구야? 여긴 왜 왔어? 어디서 왔지?

여인   sorry, sorry! 옹라 또이즈엉 어데이하?

        (당신이 대장이에요?)

        실로이 또이 꽁으예 다이 바오 베이져 또 띠베냐.

        (미안해요 나 방송 못 들었어요.)

        또이 리베냐 짜매 꾸도이.

        (친정집 갔다가 오는 길이에요.)

        또이 너이 턱.

        (정말이에요)

        하일병이 소녀에게로 간다.

여인   (놀라 소리 지른다.) 와이라뉴 데남우?

        (왜 그러는 거야?)

하일병   (소녀에게 칼을 들이대며 위협한다.) 니 아버지 어딨어?

        베트콩 어딨어?

소녀   (놀라 울며) 네어이!

여인   투이! 투이! 꽁사라우 루사우 (투이! 걱정하지 마!)

        정상병 흥분한 여인의 입을 막는다.

        남자, 하일병의 칼을 뺏으려다 놓치자

여인이, 정상병의 손을 물어 빠져 나오며
하일병의 칼을 들어 달려든다.

여인   (병사들 위협하며) 투이 짜이디! (투이 도망쳐!)

동시에 총소리 들리며 여인이 풀썩 쓰러진다.

소녀   (비명) 네어이!

군인들 하일병을 쳐다본다.

하일병   (오해다) 내가 쏜 게 아니야! 내가 쏜 게 아니라고!
           내가 안 쐈….

다시 총소리

하일병   윽! (쓰러진다.)
남자   10시 방향에 까마귀다!

재빨리 흩어지는 병사들. 총소리 요란하다.
소녀가 어미에게 달려간다.

소녀   네어이! 네어이!

총을 맞고 쓰러지는 소녀를 남자가 부둥켜안는다.

소녀의 붉은 피로 물드는 남자의 손

최이병   (서서 움직이지 못하고) 엄마 엄마!

배병장   죽고 싶어? 새끼야! 빨랑 쏴!

최이병   어디요? 배병장님, 어디, 윽! (넘어진다.)

총소리 사이에, 조여 오는 베트콩들의 모습이 언뜻언뜻 보인다.

배병장   종순아! (총을 맞고 널브러진다.)

정상병   (배병장을 구하려) 안 돼! (총에 맞는다.) 억!

공일병   (수류탄을 들고 일어서다가 집중사격의 표적이 되어 죽는다.) 어머니- !

무대로 들어서는 베트콩들

노래 22-드엉의 노래

드엉   하나, 내 등에 업은 역사

          둘, 내 눈에 잠긴 분노

          셋, 몸에 박힌 증오로

          청춘과 목숨을 걸고 너희들을 몰아내리

          오, 럭키보이 여기는 베트남

아카보 총알은 고향 티켓

오 럭키보이 여기는 베트남

이제 그만 피를 뿌려 더 이상 죄를 짓지 마

자, 이제 다시 총을 들어 사이공

이천년 중국 몰아내자 사이공

백년간의 주인 프랑스를 몰아내자 사이공

일본놈의 지옥을 벗어나자 사이공

하나, 내 등에 업은 역사

둘, 내 눈에 잠긴 분노

셋, 몸에 박힌 증오로

청춘과 목숨을 걸고 너희들을 몰아내리 (노래끝)

무대에 스며드는 햇빛 사이로 보이는 포연 자욱한 허공에

매달린 군인들의 시체들. 그 속에 남자 또한 참혹한 모습으로 묶여 있다.

드엉, 칼을 들고 남자 앞에 서서 이야기한다.

드엉 (칼로 남자의 얼굴을 그어대며) 이건 놀이야 놀이. 권력에 눈먼 자들
    이 도미노 이론을 만들어내듯 사람의 목숨을 담보로 한 놀이. 역사
    의 죄악이지. 그 놀이에 너희 역할은 개죽음이야.
    베트남은 헐벗고 굶주리고 무지한 땅이 아냐. 힘센 놈은 누구나 손
    쉽게 뺏어 먹을 수 있다고 생각하는 이 땅에, 바보 멍텅구리 물고
    기만 사는 게 아니야. 너희같이 부끄러움을 모르는 침략자들이 있

는 한, 역사의 악순환은 되풀이되겠지.

남자   (울먹이며) 일수야…, 똥필아….

노래 23—우린 기억하리라

남자   전우여, 어서 다시 눈을 떠 전우여
       조각난 팔다리 함께 모아
       펄럭이는 깃발 되어
       전우여 어서 일어서

       전우여, 죽어서도 함께 달려가자던
       꿈에도 잊지 못할 고향하늘
       바람 되어 날아가자
       전우여 이젠 무거운 총칼 다 버리고
       어머니 한껏 부르며 달려가자 전우여

드엉   베트남 인민의 땅 베트남
       베트남 구원의 땅 베트남
       구원의 해방의 내 사랑 베트남 승리하리

남자   전우여 어서 빨리 잠에서 깨어
       가위 눌린 꿈에서 나를 꺼내 줘
       그러면 우리 말하리라
       얼마나 사랑했는지
       빛나는 청춘 가득 두 팔 벌려

안아 주리라

드엉   물러설 수 없어 떨어지지 않으리

하나 된 나라 통일된 조국

내 사랑 베트남 빼앗을 수 없어

얼마나 사랑하는지

통일 조국 나의 베트남

베트콩들 베트남 인민의 땅

베트남 베트남

인민의 땅 베트남 혁명의 땅 베트남

구원의 땅 베트남 해방의 땅 베트남

우리 승리하리 통일 베트남 독립 베트남

남자   내 고향 부모형제

내 사랑 내 품으로

반드시 돌아 가리라던

그대를 기억하리라 (노래 끝)

드엉   미국은 미국식 자유와 민주주의 축복을 우리 미개한 베트남인에

게 가르쳐주기 위해 폭탄 63만 톤과 야포탄 50만 톤의 불덩이로 세

례를 주었어. (칼로 남자의 목을 겨누며)

이제 우리의 세례를 받아 보시지.

후엔 달려들어 온다.

후엔   이젠 그만해! 전쟁은 우리만 한 게 아니야.

남자	(놀라서) 후엔!
후엔	지금은 저 사람이 쏜 총에 우리 동포들이 죽었지만
	앞으로 그 총은 저 사람의 일생을 쏘게 될 거야.
남자	후엔….
드엉	춤꾼답게 시도 잘 쓰는군.
	그런 감상에 빠져서 민족의 원수를 살려 보낼 순 없어.
후엔	이젠 제발 그만 해! 난 네 누나야! 사람이 없는 혁명이 무슨 소용이
	지? 누나는 네가 없으면 혁명도 없어. 이 사람은 핏-강에서 너를 구
	했어. 아무리 전쟁 중이라도 잊지 말아야 할 게 있는 거야.
남자	(몸부림치며) 후엔, 이 나쁜년! (흐느껴 운다.) 후엔! 날 차라리 죽여
	줘! 제발 날 죽여 줘, 난 이대로 돌아갈 수 없어.
드엉	(남자를 향해 칼을 내려친다.)!
후엔	드엉!

남자, 묶여 있던 줄 끊어지며 앞으로 나동그라진다.

달려 나가는 드엉.

후엔	(남자를 안으며) 미안해요, 미안해요! 어쩔 수 없었어요.
남자	후엔! 제발 나도 죽여 줘! 난 이대로 살 수 없어!
	나 혼자 돌아갈 수 없어!

노래 24－후엔의 노래

후엔   어쩔 수가 없었어 말할 수가 없었어

        나는 베트콩 후엔 당신은 따이한 병사

        우린 잘못된 운명 맺지 못할 사랑

        사랑하는 사람아 나를 용서해 줘

남자   후엔! 당신을 만난 거 후회하지 않아.

        나 이대로 돌아갈 수가 없어. 살 수가 없다고!

        제발 날 죽여 줘, 죽여!!!

후엔   (노래) 한 번만 더 내 손 잡아 줘

        내 눈 속에 당신 모습 담아 갈래요

        마지막 한 번 나를 안아 줘

        내 맘속에 당신 담아 갈래요

남자   후엔 나 뭐라 말할 수 없어

후엔   어쩔 수가 없었어.

남자   후엔, 제발 나를 죽여 줘

후엔   말할 수가 없었어

남+후   사랑하는 사람 (노래 끝)

        헬리콥터 소리 들린다.

남자   (급박하게) 후엔, 제발 날 죽여 줘.

후엔   이제 당신네 지원부대가 도착할 거예요.

        가세요. 가서 잘 살아요.

노래 25 ― 당신이 지어준 이름

후엔　　당신이 지어 준 이름

　　　　얘기해 줄 거예요

　　　　아버지 이름 김문석 너의 이름 김북청

　　　　함경남도 북청군 당신 살던 고향

　　　　신창읍 토속리 1구 1033번지

남자　　(어서!) 후엔! 날 죽여 제발!

　　　　헬리콥터 소리가 더 가까이 들려온다. 무전기 소리가 들린다.

무전기1　여기는 날개. 생존자가 없나 본데?

무전기2　여기는 날개 잃은 새. 생존자가 있겠어? 정보가 새어 나가서 중대

　　　　전체가 작살이 났는데, 생존자가 있으면 무공훈장감이지.

무전기1　무공훈장이 됐든 국립묘지가 됐든 내려가겠다.

　　　　헬리콥터 소리 위협적으로 들리며

후엔　　당신이 지어 준 이름

　　　　얘기해 줄 거예요

　　　　아버지 이름 김문석 너의 이름 김북청

　　　　함경남도 북청군 당신 살던 고향

신창읍 토속리 1구 1033번지 (노래 끝)

후엔   (외친다.) 사랑하세요. 많이 하세요.

         내가 많이 생각나게요!

남자   (애절) 후엔, 어서 총을 쏴!

후엔   사랑해요!

         후엔이 남자의 다리에 총을 쏜다.

남자   (다리를 안고 쓰러진다.) 후엔!

후엔   (총을 버리고 달려가 남자를 끌어안는다) 사랑해요! 사랑해요!

         마지막으로 서로를 안는 남자와 후엔

         베트콩들이 남자에게서 후엔을 떼어 내어 끌고 나간다.

         그들 뒤로 쏟아지는 포탄

남자   후엔! 후엔! 후엔!

         남자가 운다.

         '대한늬우스'의 돌아오는 파월 장병들의 모습이 투사된다.

         남자에게 훈장을 주는 소리가 낭랑하게 들려온다.

소리　무공훈장증 성명 김문석 귀하는 전투에 참가하여 탁월한 능력을
　　　발휘하여 빛나는 무공을 세웠으므로 일 계급 특진과 함께 다음 훈
　　　장을 수여함….

죽은 자들 사이에 선 남자

노래 26―인생의 벼랑에서 2

작은 남자가 온다.

남자　　오랫동안 기다렸어.
　　　　(아이와 눈을 맞추며) 이제 갈 수 있겠지?
작은남자 (고개를 끄덕인다.) 응.
남자　　빨갱이라도?
작은남자 (고개를 끄덕인다.) 응.
남자　　(작은 남자에게) 무서워서 그랬지?
작은남자 (고개를 끄덕인다.) 어마이랑 아바이랑 죽을까 봐 무서웠어.
남자　　그래, 나도 무서워서 그랬어.

작은 남자가 남자를 안아준다.

남자　　죽지 않으려고, 살고 싶어서 그랬어.
　　　　무서워서 내가 총을 쏜 거야.

내가 잘못한 거야~.

무대를 감싸는 안개

남자   (천천히 부르는 노래, 목이 멘다.)

　　　　이제 다 왔나

　　　　여기가 거긴가

　　　　아주 먼 여행

　　　　이렇게 짧은 끝

　　　　이렇게 짧은 끝

　　　　이렇게~~~

노래 27―길 떠나는 그대

가수   그대 잘 왔는가

남자   이렇게

가수   이제 갈 만한가?

남자   거기 길은 좋은가?

가수   별 밝은 길 좋아

　　　　바람도 좋아

남자   하루살이보다 짧은 인생이여

　　　　어디로 가야 하나

　　　　하늘 저무는데 발은 무거워

가수   길 떠나는 그대

        추억의 시슬을 풀어

        세상의 것은 세상에 두고

        그대 그림자만 가지고 떠나라

남자   거기 누가 날 기다려

        고단한 날 받아 주리오

        거기 누가 나를 알아

        슬픈 나그네 눈물 닦아 주리오

가수   길 떠나는 그대여

        세월의 갈피에

        그대 떠난 이의 기도로 남으리니

        그대 이제 떠나라 (노래 끝)

        남자가 총을 집어 든다.

남자   신창아!(자신의 머리에 총을 쏜다.)

        총소리

합창 28—블루사이공 (연주 및 합창)

        소복을 입은 부인이 딸을 휠체어에 태우고 나온다.

여자   아빠!

            남자의 떨어지지 않는 발걸음.

            딸이 비틀거리며 일어나 남자에게 가서 안아 준다.

여자   아빠! 안녕!

            합창 높아지며 남자가 딸아이를 아내에게 남기고 떠나간다.

            부인이 '잘 가시라'고….

여자   (외친다.) 아부지 잘 가!

            남자가 간다.

            월남 귀신들이 그를 맞는다.

            남자가 그들에게 안겨

            비로소 편안하다.

            그리고 ~

            무대로 들어오는

            늙은 남자 노인―월남에서 돌아온 김상사님

            노인이 묻는다

"내가 죽었나?"

가수가

"아직~"

노인이 휠체어에 가서 앉는다.

"갈 때 되면 부르시오~"

잠드는 노인

전 출연진이 노인에게

조용히 경례를 한다.

가수의 마지막 소리는

"블루사이공"이다.

울게 하소서~

끝.

리뷰

블루사이공 리뷰

월남전의 비극을 심도 있게 극화한 뮤지컬
김정숙 작 블루사이공*

김미도(연극평론가) / 1996한국대표희곡선, 예음

    김정숙의 〈블루사이공〉은 그동안 창작 뮤지컬을 전문적으로 창작해 온 작가의 일신된 면모를 보여 준다. 불행하고 어두운, 그러나 잘 알려지지 않은 우리 역사의 단층들을 새롭게 발굴하는 그녀의 작업은 남다른 의식과 뚝심을 드러낸다. 뮤지컬이라면 서양 것이든 우리 것이든 단순히 신나고 즐거운 오락적 연극으로 간주되기 쉽지만 김정숙의 뮤지컬은 어느 연극보다도 더 무거운 삶과 역사의 무게를 실어 준다.

    〈블루사이공〉은 월남전의 비극을 매우 심도 있게 극화하고 있다. 도입부는 매우 추상적인데 환상과 환청이 교차하는 신비로운 분위기 속에서 이 작품에 등장하는 주요 인물들이 단편적으로 비쳐진다. 한 전자회사에서 혹독한 인권탄압에 저항하여 우발적인 살인을 저지르는 라이따이한 김북청**, 휠

---

*   편집실 주: 이 평론은 1996년 두레소극장과 문예회관대극장 공연을 바탕으로 한 것이다.
** 편집실 주: 김상사의 아들 김북청이 외국인 근로자로 한국에 와서, 아버지를 찾는 장면

체어에 의지한 채 폐인이 다 된 한 남자와 그 주변을 맴도는 미친 여자아이, 검은 아오자이의 여인 후엔, 그들 뒤로 유령처럼 나타나는 한국군과 베트콩들…. 이들의 관계는 극이 흐르는 동안 과거의 기억 속에서 서서히 그 윤곽을 드러내며 점점 선명하게 각인되어 온다.

이 작품에서 또 하나의 중요한 등장인물은 '가수 여자'이다. 히스테리컬한 분위기의 그녀는 시종 새디스틱한 몸짓으로 극을 유도한다. 그녀는 때때로 아주 교활한 '운명의 여신'으로 느껴지기도 한다. 그녀가 부르는 주제곡 '블루사이공'은 처음부터 끝까지 '블루사이공'이라는 가사만 반복되는 매우 음침한 분위기의 노래이다.

특별한 장치를 지시하지 않는 무대는 기복적으로 비어 있고 열려 있으며 급속하게 전환되는 상황에 따라 신속하게 필요한 세트와 소품들이 도입된다. 병원에서 고엽제 후유증에 시달리고 있는 주인공, 그의 이름은 김문석이다. 그의 흐릿한 의식 속에 월남에서 겪었던 엄청난 사건들이 어렴풋이 떠오른다. 즉, 이 극은 김문석의 의식에 부상하는 연상 작용에 따라 월남에서의 일들이 힘겹게 재생되는 방식을 취한다. 미국에 대한 경제원조 및 군사지원 확대와 맞바꾼 한국군의 월남파병식이 성대하게 펼쳐지는 가운데 김문석은 가족들과 애끓는 이별을 한다. 월남에서 지내던 어느 날, 그는 한 술집에서 빨간 아오자이 차림의 댄서 '후엔'을 만나 운명적 사랑에 빠진다. 그러나 실상 후엔은 베트콩의 첩자이며, 남동생 '막 드엉'의 삼엄한 감시를

은 이후 공연 버전에서 삭제되었다.

받고 있다. 후엔과 김문석의 만남 뒤에는 월남과 한국의 불행한 역사가 광포하게 도사리고 있다. 후엔의 조상들은 프랑스로부터의 독립운동 과정에서 비참한 죽음을 당했고 그것이 후엔에게 베트콩으로서의 강력한 동기를 부여하고 있다.

후엔의 회고는 김문석에게도 과거의 상흔을 상기시킨다. 함경남도 북청군 신창면 토속읍 1구 1033번지가 고향인 그는 이미 전쟁과 이데올로기의 대립 속에서 크나큰 비극을 멍에처럼 안고 있다. 6.25가 나던 해 10살이었던 그의 어린 시절을 대신하기 위해 분신과도 같은 '작은 남자'가 등장한다. 어릴 적 동네에서 '빨갱이'라는 조롱에 시달렸던 그는 전쟁의 와중에 인민군의 위협에 짓눌려, 국군에 동조한 사람들을 지목한다. 그는 무고한 마을 사람들을 무참히 희생시켰고 아버지는 그 일로 고향을 떠나 돌아가셨다.

전쟁으로 인한 뼈아픈 상처를 공유한 두 삶은 걷잡을 수 없이 사랑에 빠져들지만 그 행복이 오래 지속될 수는 없다. 후엔은 다가온 '케산' 전투에서 김문석이 십중팔구 희생될 것을 짐작하고 출전을 만류하지만 명령에 무조건 복종해야 하는 그를 끝내 막아서진 못한다. 추석날(월남 '쭝투') 화려한 제등행렬과 불꽃놀이 속에서 두 사람은 죽음을 예감한 긴 입맞춤을 나눈다.

김문석의 분대는 결국 케산 전투에서 전멸하고 그만 살아남아 베트콩의 포로가 되지만 후엔의 간곡한 배려로 고국에 돌아온다. 그는 귀국 후 결혼했으나 자신이 병을 얻은 것은 물론 정신이 온전치 못한 딸을 낳았고 결국 아내는 달아났다. 병원에서 신음하던 그는 마침내 권총으로 자살하고 유년의 '작은 남자'와 화해한 후, 돌아올 수 없는 나라로 이끌려간다. 마지막 장면에서 후엔의 아들 라이따이한 김북청과 미친 소녀 김신창 남매의 해후는

차마 똑바로 응시하기 어려운 고통으로 다가온다. 그들의 이름이 김문석의 고향 주소를 따고 있음은 월남에서 흘린 피를 보상해야 할 통일의 과제를 엄숙하게 요구한다.

이 작품은 때때로 매우 잔인한 표현 방법을 활용한다. 무대에 전사한 군인들의 유령이 출몰하고, 토막 난 시체들이 매달리는가 하면, 베트콩들의 잔인한 살상 장면이 재현된다. 시종 초조하고 섬뜩한 분위기 속에서도 사이사이 적절한 희극적 릴리프(relief)가 끼어들어 긴장을 완화시켜 준다. 막사에서 서로 외로움을 달래는 병사들의 희극적 백태는 폭소를 자아내기에 충분하다. 그러나 그것이 한편으론 극한의 공포를 잊기 위한 필사적 몸부림이라는 것을 깨달을 때, 한없는 연민이 싹튼다.

브로드웨이에서 장기 흥행을 계속하고 있는 '카메론 매킨토시'사의 〈미스 사이공〉이 지극히 멜로드라마틱한 구성 하에서 월남전을 다소 감상적으로 접근한 것에 비하면, 〈블루사이공〉은 월남전을 둘러싼 정치적 역학관계와 그 후에 남겨진 문제들에 대해서 보다 객관적으로 적나라하게 다가간다. 물론 〈미스 사이공〉만큼의 음악이나 안무 효과는 기대할 수 없지만 〈블루사이공〉이 남겨주는 감동은 결코 뒤지지 않을 것이다.

 김정숙이 이끄는 젊은 극단 '모시는사람들'은 전쟁과 분단의 한국 현대사를 꾸준하게 탐구한다. 1994년에 동학농민전쟁을 다룬 뮤지컬 〈들풀〉이 유일하게 분단을 다루지 않은 작품일 뿐, 〈꿈꾸는 기차〉, 〈병국이 아저씨〉 등이 모두 그러하다. 이번에 공연한 뮤지컬 〈블루사이공〉(김정숙 작, 권호성 연출·음악)은 이로부터 조금은 떨어져 있는 듯한 월남전 이야기이다. 이 작품은 월남전이 우리 분단의 역사와 서로 꼬이고 엉켜 있음을 보여줌으로써, 전쟁과 분단의 한국 현대사를 탐구한 또 하나의 이야기를 보탠다. '월남에서 돌아온 김상사에 대한 보고서'라는 부제에서도 드러나듯, 작품의 큰 줄기는 맹호부대의 일원으로 파병되었다 돌아온 김상사의 이야기이다. 하사관으로 파병된 김상사를 중심으로 보여지는 월남전이란, 일차적으로 남의 나라 싸움에 끼어들어 타향에서 개죽음 당하거나 살아 돌아온 후에도 고엽제 피해로 평생을 괴롭게 살아가게 되는 역사적 비극이다. 그 비극의 월남 파병은, 미국 군사력에 의해 강고한 냉전체제를 유지시키고자 했던 당시 정부의 입장에 따라 이루어진 것이라는 사실을 이야기함으로써, 이것이 우리의 분단 문제와 무관하지 않음을 이 작품은 보여준다. 전쟁터에 나가서라도 큰돈을 벌어야겠다는 가난한 한국인들의 억척스러움은, 당시 우리의 냉전의식과 어우러져 월남 파병을 용인했던 대중의식의 근거였다. 60년대의 가난에 찌든 한국인의 모습은 가슴 찡한 아픔으로 보여지는 한편, 남은 가족들은 월남에서 바리바리 보내오는 미제 물건을 자랑스러워하는 묘한 시대

주의적 속물성을 드러낸다. 미제 과자와 샴푸에 즐거워하는 이들의 모습은 마치 시간여행을 하듯 우리의 옛 부끄러운 기억을 끄집어낸다. 한편 월남의 한국군은 단지 피해자가 아니라 월남민에 대한 가해자이기도 하다. 김상사의 애인 후엔은 온 가족을 그네들의 민족해방투쟁에 바친 집안의 딸로 창녀촌에서 첩자로 일하다가, 김상사와 만나 사랑을 나누게 된다. 후엔에게 김상사는 애인이자 뱃속 아이의 아버지이지만, 다른 한편 그는 자신들을 죽이러 온 적이다. 후엔은 김상사에게 왜 우리들 전쟁에 아무 상관도 없는 당신네들이 끼어드냐고 항변하지만, 김상사로서는 자신의 행동을 선택할 수 없다. 결국 김상사와 그 부대는 케산 전투에서 대패하고, 부하들을 모두 잃은 채 포로로 잡힌 김상사만 월맹 투사의 옷을 입은 후엔과 대면한다. 부하 모두를 잃은 그를 고이 살려보낼 수도, 그렇다고 죽일 수도 없는 후엔은 울면서 그의 다리에 총을 쏘아 부상병으로 한국군 진영으로 돌려보낸다.

후엔과 김상사의 사랑은 단순히 전쟁터에서 만난 남녀 간의 낭만적 사랑의 의미를 넘어서 있다. 김상사는 어린 시절 인민군의 위협에 못 이겨, 국군에게 손을 흔든 같은 마을 사람들을 지적해 줌으로써 후에까지 빨갱이라는 손가락질을 당하며, 그 때문에 고향 함경남도 북청을 떠난다. 그때 고향을 떠나 타향에서 죽은 아버지에게 그는 강한 죄의식을 느낀다. 둘의 사랑은 이러한 분단이라는 역사의 무게에 짓눌린 인간임을 서로 확인함으로써 성립된다. 이 과거의 이야기들은, 현재 고엽제 피해로 죽어가는 김상사의 모습으로 집약되며, 후대에까지 남는 고통으로 그 모습을 드러낸다. 김상사의 딸 역시 고엽제 피해자이며, 후엔이 낳은 김상사의 아들 '북청'은 기술연수생으로 아버지의 나라를 찾아와 인력회사의 횡포에 또 다른 고통을 겪는다.

이렇게 이 작품은 6.25, 월남전 당시, 현재라는 세 개의 시간 틀과, 함경남도 북청, 월남, 남한 어느 곳이라는 세 개의 공간틀을 설정하고, 후엔과의 사랑 이야기로 중반부 줄거리 진행의 힘을 결집시키며 극을 절묘하게 짜나간다. 이로써 월남전 파병과 관련하여 생각할 만한 꺼리들이 놓치지 않고 짚어지고 있다. 가해와 피해, 이데올로기와 인간, 동병상련적 관계이면서 적인 베트남과의 불편한 관계, 가난과 졸부 컴플렉스 등 요모조모를 고루 생각하게 하는 것이다. 그리고 궁극적으로 드러나는 것은, 작가가 프로그램에서 이야기했듯이, 역사의 무게를 짊어지고 살아가는 인간이다. 후엔이 그리워하는 고향 마을의 쭝투 축제와, 김상사가 후엔에게 계속 외우게 하고 뱃속 아이의 이름을 '북청'이라고 지어달라고까지 부탁할 정도로 그리워하는 고향집 주소 '함경남도 북청군 신창면 토속리 1033번지'는 바로 역사의 칼바람에 의해 고통받기 이전의 본연적 평화와 안온함을 의미한다.

오늘에도 계속되는 월남전

이미원 / 〈월간 에세이〉 1996년 12월

　〈블루사이공〉에서도 단연 주목되는 것은 역사의식의 형상화이다. 뮤지컬로서 역사의식이라는 짝짓기에 갸우뚱도 하겠지만, 〈블루사이공〉은 시종 우리 현대사를 무게 있게 다루며, 아직도 끝나지 않은 월남전과 통일로 성취되어야만 하는 이데올로기의 문제를 선명하게 제시하고 있다. 작가는 우선 한국과 월남의 역사적 유사성을 밀도 있게 집어냈다. 양국의 명절과 신화는 비슷할뿐더러, 식민지 근대사는 물론 현대사는 이데올로기의 희생자였다는 점에서 더욱 같다. 어린 김문석이 지목하여 죽었던 마을 어른들처럼, 후엔의 조상들도 죄 없이 죽어 갔으며, 김문석이나 후엔도 모두 이데올로기의 희생자들이다. 이러한 대비를 통해서, 한국도 아직 이데올로기의 문제가 끝나지 않았음을 줄기차게 상기시킨다. 딸 신청이 무심하게 종종 외쳐대는 "함경남도 북청군 신창읍 토속리 1구 1033번지"라는 주소는 놀랄 만큼 효과적으로, 아직도 분단된, 그래서 통일이 되어야만 하는 조국을 상기시키고 있다.

　뿐만 아니라 역사를 냉철하게 해석하며 그 남긴 문제를 제기하고 있다. 민주자유수호라는 구호 뒤에 담긴 월남 파병의 배경이나, 월남에서 한국군 죽음의 의미 등이 비교적 설득력 있게 객관화되고 있다. 여기서 나아가서 오늘의 외국 근로자의 인권 문제나 라이따이한의 문제를 상기시키며, 병신 딸 신청을 통해 아직도 계속되고 있는 고엽제의 피해를 일깨웠다. 실로 월남전은 30년이 가까운 과거지사이면서도, 아직도 계속되고 있는 전쟁인 것이다. 세계 열강들의 이해 가운데서, 통일이라는 숙원을 성취할 때 비로소 끝날 수 있는 전쟁이기도 하다. 이렇듯이 설득력 있게 역사를 형상화함은 물론, 작품은 희극적 이완 역시 적절히 활용하고 있다. 전투 대기 중 병사들의 농짓거리나 아들의 목숨을 담보로 보내진 샴푸를 '물구리무(로션크림)'로 바르는 아낙들 등등의 장면들은, 작품의 관념성을 자연스런 일상성으로 바꾸고 있다. 그리고 이들 희극적 장면 이면의 비극을 문득 감지할 때, 우리는 그 섬뜩함에 몸을 떨게 된다.

한편 창작 뮤지컬로서, 작창의 음악성도 뛰어나다 하겠다. '블루사이공'이나 '내 안에 사랑 있어요' 등의 노래가 인상적으로 남았다. 기존의 가요-월남에서 돌아온 김상사나 이미자의 노래 등등-도 적절히 활용되었다고 생각된다. 또한 자칫 혼란스러울 수도 있었던 과거와 현재의 인물들과 장면들의 겹침도, 연출의 공간 처리 솜씨에 힘입어 무리 없이 진행되었다.

'두 분단'의 화해, 뮤지컬 '블루사이공'

베트남 공연 겨냥, 대형 뮤지컬로 거듭나

손봉석 기자 / 〈프레시안〉 2002.11.26 08:40:00

김추자의 노래 '월남에서 돌아온 김상사.' 이 노래 속의 김상사는 그 후 어떻게 됐을까? 이 궁금증에서 출발했다는 뮤지컬이 '블루사이공'이다.

뮤지컬을 찾는 관객들이 매표구에서 티켓을 끊으며 기대하는 것은 보통 경쾌하고 즐거운 이야기 전개, 산뜻한 대사 그리고 공연을 보고 돌아가면서 흥얼거릴 음악 같은 것들이다.

하지만 '블루사이공'은 첫 장면부터 관객들의 그런 기대를 여지없이 깨뜨리며 허를 찌른다.

첫 장면. '김북청'이라는 괴상한 이름을 지닌 외국인 노동자가 구사대에 맞서 폭동을 일으키고 경찰과 대치하다가 "아버지를 찾아 달라"고 절규한다. 왠지 무겁다.*

두 번째 장면. 2002년 한국 어느 자선병원의 침대에는 고엽제 후유증으로 고생하는 김 씨가 누워 있다. 대를 물린 고엽제 피해자인 그의 딸 '김신창'은 손목과 침대를 줄로 묶고 비극적 장면을 연출해 낸다. 무겁다 못해 심각하고 비장하기까지 하다.

---

* 초연 때 있던 이 장면은 이후 공연에서 시대적 흐름에 따라 생략되었다. 이 희곡집에서도 이 장면은 생략되었다.

통상적 뮤지컬의 출발과는 180도 다른 '블루사이공.' 무엇을 얘기하고 있을까?

월남전, 사랑, 헤어짐과 만남

김정숙(극단 모시는사람들 대표) 작, 권호성 연출. 지난 96년 초연. 97년 백상예술대상 수상. 2002년 음악 중심의 대작 뮤지컬로 개작.

일단 스토리를 요약해 보자.

자선병원 침대 위의 김상사와 그의 딸 김신창의 비극적 일상을 보여주던 무대는 아직은 죽음의 사자와 동행하기를 거부하는 김 씨의 의식을 따라 시간을 거슬러 올라가기 시작한다.

1960년대 후반 함경도 북청 태생으로 실향민인 김문석 상사는 거대한 월남기와 태극기 아래서 화려한 조명과 꽃다발을 받으며 월남으로 파병된다. 시민들은 환호성을 지르고 위정자는 파월장병들을 '자유의 수호자'로 치켜세운다. 하지만 김상사가 떠나는 진짜 이유는 홀어머니와 동생들을 더 잘 부양할 수 있는 돈을 벌기 위해서였다.

월남에서 김상사는 미군클럽에서 고생하는 월남처녀 후엔과 그녀의 동생을 구해준 것이 인연이 돼 후엔과 연인이 된다. 김상사의 부하들도 오발사고로 죽은 농가의 돼지를 위해 제사를 치러 주고 고국에서 온 위문편지한 장에 눈물을 보일 만큼 순진한 청년들이다.

하지만 전쟁의 광기는 서서히 그들을 조여 오기 시작하고, 베트남 전통의 평화로운 등 축제가 있던 다음 날 부대원들은 정글속 전투에서 전우에게 총을 겨누고 민간인을 학살하는 광기 속으로 빠져든다.

부대원이 전멸한 가운데 홀로 포로가 된 김상사는 자신의 애인 후엔이 부대원을 모두 전멸시킨 베트콩이라는 사실을 알고 절규한다. 자신을 죽여 달라고 외치는 김상사에게 김상사의 아기를 가진 후엔은 아이 이름을 김상사의 고향 마을 이름을 따 '북청'이라 짓겠다 약속하며 살려 보낸다.

그러나 이때부터 그의 영혼은 어린 시절 겪은 분단의 아픔과 맞물려 서서히 무너지고 만다. 현재로 돌아온 김상사의 영혼은 어린 시절 어른들 대신 인민재판에서 사람들을 밀고해야 했고 어른이 돼서는 연인의 손에 전우를 잃어야 했던 자신의 불행한 일생을 스스로 마감한다.

김상사가 세상을 떠난 후 이복남매 '북창'과 '신창'은 처음으로 만나 '함경도 북창군 신창면' 출신인 불쌍한 아버지를 기린다. 두 개의 분단을 온몸으로 경험하고 무너져 버린 김상사의 영혼은 '북창'과 '신창'의 포옹을 지켜본 후 조용히 천국으로 향한다.

'미스 사이공'을 넘어선 '블루사이공'

한반도와 베트남, 두 개의 분단. 이 둘을 한몸으로 겪은 김상사의 생을 관통하는 현대사의 비극. 그가 남긴 베트남 아들 '북창'과 한국 딸 '신창'의 만남.

'블루사이공'은 이 모든 것을 담고 있다. '경쾌함'과 '즐거움'만을 떠올리게 하던 한국 뮤지컬에 역사와 이념, 그리고 화해를 담았다. 그 바탕엔 '인간에 대한 애정', 휴머니즘이 깔려 있다.

바로 이 대목에서 영국 런던과 미국 브로드웨이를 평정했던 '미스 사이공'과 구별된다.

두 작품 모두 베트남 전쟁을 소재로 해서 만들어졌지만 '미스 사이공'이 전쟁을 단순한 배경으로 삼고 미군 병사와 베트남 소녀 킴의 사랑 이야기를 중심으로 다루고 있다면, '블루사이공'은 월남전이 과연 우리 한국인에게 어떤 역사적인 의미를 지녔는지를 관객에게 물어보는, 월남전 자체를 '주인공'으로 삼은 것 같은 작품이다.

'미스 사이공'의 첫 장면은 미군 클럽에서 쇼걸들이 펼치는 화려한 춤과 노래로 시작하는 노스텔지어인데 반해 '블루사이공'은 '김북청'이라는 괴상한 한국이름을 가진 베트남 출신 외국인 노동자가 구사대에 맞서 폭동을 일으키고 친아버지를 찾아달라고 절규하는 현실에서 출발한다.

이 도입부의 차이에서부터 전쟁 중에 주둔군과 클럽의 쇼걸 사이에 꽃핀 사랑이라는 유사한 줄거리에도 불구하고 두 연극의 관점은 전혀 다르다는 것을 알 수 있다.

"월남 공연 추진중. '미스 사이공'은 결코 못할 일"

'블루사이공'은 전쟁의 부당성과 어긋난 전쟁의 후유증을 중심으로 전개된다. 그러나 '미스 사이공'에는 그런 심각한 의미가 없다. 공연의 오락적인 기능과 흥행을 염두에 두고 극이 전개된다.

'미스 사이공'의 극적인 클라이맥스는 월남이 패망하자 무대 천정에 구원의 메신저처럼 미군 헬기가 등장하고, 그 헬기를 함께 타고 떠나지 못한 안타까움이다.

반면 '블루사이공'의 클라이맥스는 수많은 작은 등을 밝히며 노래하는 베트남의 전통축제 '쫑투'를 전면에 내세우고 베트남의 건국신화를 노래하는 장면, 그리고 곧 이어지는 적과 아군이 구분되지 않는 대학살이다.

'미스 사이공'이 철저히 미국과 미군의 시각에서 '원주민' 베트남인과 월남전을 인식한다면, '블루사이공'은 베트남 사람을 같은 인간으로 보고 다가가려는 노력과 반전에 대한 의지가 엿보인다.

특히 '쫑투' 축제 장면은 뒤에 이어지는 처절한 정글 전투 장면과 맞물려 비극성을 극대화하는 극적 장치로서의 역할을 충실하게 이행하면서도, 스펙터클(장관)로서의 오락적 기능 역시 무리 없이 해내고 있다. 무엇보다 '미스 사이공'은 후반부에 통일된 베트남을 우스꽝스럽고 기괴한 나라로 묘사하며 미국으로 가는 것을 천국으로 가는 것처럼 묘사하지만, '블루사이공'은 베트콩의 처절한 투쟁이 어디에서 기인하는지를 그들의 입장에서 설명한다. 또한 김상사가 무의식중에 떠올리는 어린 시절 회상을 통해 분단과 통일이 우리의 문제이기도 하다는 것을 알리는 데 많은 노력을 기울이고 있다.

'미스 사이공'의 결말은 주인공 킴이 사랑하던 미군 병사가 이미 결혼을 해서 자신과 함께 살지 못하게 된 것을 알고 미국으로 아들만 떠나보내고 자살하는 장면이다.

'블루사이공'은 라이따이한 청년과 고엽제 후유증으로 고생하는 여자아이, '북창'과 '신창'이 죽은 김상사가 평생 돌아가고 싶어 하던 고향 '함경남도 북창군 신창읍'에서 따온 이름들이라는 것을 밝히면서 두 역사적 비극의 화해를 시도한다.

'블루사이공'의 한 스텝은 '미스 사이공'과의 차이점에 대해 이렇게 말했다.

"우리 '블루사이공'은 지금 월남 공연도 준비 중이다. 하지만 '미스 사이공'은 아마 절대 월남에서 공연을 할 수도 없고 하려고 하지도 않을 것이다."

연출자 권호성 인터뷰

프레시안 : 계속 이 작품을 연출하며 '업그레이드'하는 이유는?

권호성 : 첫 공연에 돈을 못 벌어 벌충을 해야 한다(웃음). 농담이다. 이 작품은 작가의 희곡을 볼 때부터 굵직한 주제가 느껴졌고 작품성이 있다는 것을 느꼈다. 흔히 보는 시트콤 같은 수입 뮤지컬이 아니었다. 역사가 있고 공연이 끝난 후 진지하게 생각하고 되짚어 볼 수 있는 여지가 있는 작품이다.

프레시안 : 연출자가 보는 '블루사이공'은 어떤 작품인가?

권호성 : 이 연극은 삼촌, 아버지의 역사다. 김문석 상사의 이야기는 바로 우리들의 아버지, 삼촌이 겪은 일들이고 나는 이를 뮤지컬이라는 장르를 통해 쉽고 진솔하게 관객이 느끼도록 노력했다.

프레시안 : 뮤지컬로 다루기에는 비극이라 부담되지는 않았나?

권호성 : 뮤지컬이 코미디적인 것만은 아니라고 생각한다. 이런 무거운 주제를 무겁게 정극으로 다루는 것보다 다양한 표현이 가능한 뮤지컬 형식으로 다뤄서 무거움을 눌러 줄 수가 있다고 본다.

프레시안 : 연출 입장에서 '미스 사이공'과 비교를 한다면?

권호성 : '미스 사이공'은 월남전이라는 역사가 소재와 배경으로만 존재한다. 러브스토리가 중심이다. '블루사이공'은 베트남전이 극의 배경이 아닌 직접적인 중심에 놓여 있다. 사랑도 물론 나오지만 특별히 연출을 통해 부각하지는 않았다.

프레시안 : 요즘 외국 뮤지컬의 공연이 활발한데 순수 국내 창작 뮤지컬로서 장점이 있다면?

권호성 : 외국 작품의 경우 우리 관객들이 문화적인 차이로 인해 이해가 안 돼도 그냥 접고 넘어가야 하는 부분들이 몇 군데씩 생긴다. 하지만 우리는 작은 디테일까지 놓치지 않고 관객과 소통하도록 노력하며 만들고 있다.

프레시안 : 작품 보기를 망설이는 관객들에게 코멘트를 하고 싶은 것은?

권호성 : 작품이 무겁고 진지하다고 너무 홍보가 돼서 오히려 좀 걱정이다. 이 작품은 재미있는 연극이다(웃음). 꼭 웃기고 코미디 같은 극만 재미있는 것이 아니라 잘 만든 비극은 더 큰 재미를 준다는 점과 자연스럽게 역사와 인간을, 그리고 사회를 생각하게 한다는 점을 말하고 싶다.

주연배우 강효성(후엔 역) 인터뷰

프레시안 : 주연인 강효성 씨는 후엔 역을 어떻게 분석하고 연기를 했는지 궁금하다.

강효성 : 후엔은 사랑하는 사람을 속인 이중적인 인물로 볼 수도 있지만 더 큰 사랑을 위해 노력하고 애쓰는 인물로 생각을 했다. 뮤지컬 등에서 좀처럼 보기 힘든 강한 캐릭터다.

프레시안 : 후엔은 불행한 인물이라고 생각하나?

강효성 : 객관적인 시각으로는 불행해 보일 수도 있다. 하지만… (웃음) 나도 들은 이야기인데, 한번 진정한 사랑을 받은 여자는 평생 행복하다고 한다. 후엔이 태어난 아들의 이름(김북청)을 김상사가 지어 준 대로 한 것에서 후엔의 사랑이 거짓은 아니었고 영원할 것이었음을 암시한다고 본다.

프레시안 : 후엔 역을 95년 초연부터 한 것이 자신의 배우로서의 캐릭터를 고정하지는 않는지?

강효성 : 다른 다양한 역도 계속 소화를 했기 때문에 크게 걱정하진 않는다.

프레시안 : 베트남 공연도 준비하는 단계라고 하는데, 성사되면 갈 의향이 있나?

강효성 : 물론이다. 꼭 가서 공연하고 싶다.

프레시안 : 공연중에 재미있는 에피소드가 있으면 한 가지만 소개해 달라.

강효성 : 마지막 전투가 끝나고 권총을 가지고 나가는 장면이 있다. 주인공이 그 총으로 인생을 끝내는 상징적인 장면에도 쓰이는 중요한 소도구다. 그런데 그만 총집만 가지고 총은 없이 무대로 간적이 있다. 어떻게 노래를 부르고 연기를 했는지 지금도 기억이 없다. 결국 무대감독이 총을 바닥으로 던져줘서 위기는 모면했지만 총이 없는 것을 안 그 순간에 연기는 전혀 감정이 없이 기계처럼 했다.

[강권] 대~한민국 뮤지컬 블루사이공

김흥꾹 악극분과장 / 2002.8.19. 월요일

딴따라딴지 공연전담반 악극분과

1996년 초연

　　백상 예술상 연극부문 대상, 작품상, 희곡상 수상작

　　서울 연극제 작품상 수상작

　　서울 연극제 연기상 (손병호/강효성) 수상작

　　대산 문화재단 창작지원 기금 수상작

　　스포츠조선 뮤지컬 희곡부문 대상 수상작

　　기독교 문화 대상

　　국회 문화 대상

　　국립극장 우수 창작 뮤지컬 시리즈 1

2000년 공연

　　문예진흥원 우수 레파토리 뮤지컬 지원 대상 작품

　　한국 기독교 문화대상 뮤지컬 부문 대상 수상작

　　과천 마당극제 2000 공식초청 및 특별공연작

　　한국 연극협회 지역순회극장 선정작

그리고 2002년…

　　　뮤지컬 넘버 10여곡 추가로 재탄생된

　　　대한민국 순수창작 대형뮤지컬!

올 것이 왔다. 대한민국 뮤지컬 호황기에 맞이하는 대한민국 순수 창작 뮤지컬. 이것이 블루사이공이 갖는 의미이다.

오페라의 유령, 레미제라블 등의 서구 블록버스터 급 뮤지컬들의 국내 공연은 분명 지금의 대한민국 뮤지컬 호황을 이끌어 낸 주역들이라 할 수 있을 것이다. 지구촌 사람들이 즐겨온 유명 뮤지컬을 완성도 높은 재현으로 우리도 즐긴다는 것, 어쩌면 당연한 권리이고 비로소 제대로 맛보는 행복이다.

겜블러, 렌트 등 젊은 층을 흡인할 만한 스타급 배우들의 공연들 또한 행복이다. 그동안 잦은 매스컴에의 외출 등으로 팬들을 걱정시키기도 했던 그들이지만, 90년대 초 신비의 거울속으로, 아가씨와 건달들 등의 작품으로 뮤지컬의 즐거움을 보급하던 그들의 젊은 재능을 아직도 기억하고 있고, 여전히 기대하고 있다.

난타라든가 델라구아다 등 퍼포먼스 뮤지컬들의 유행 역시 행복이다. 이러한 실험적 뮤지컬들은 각각 문화마다 다르게 쌓여온 감성들을 해방시키고, 뮤지컬 선진국/후진국 따위의 서구적 잣대없이 창조적 기회를 제공한다. 인류의 공통된 문화를 본능으로 즐기며 새로운 뮤지컬의 미래를 기대하게 만든다.

명성황후 같은 높은 완성도로 세계시장을 넘은 민족뮤지컬이 있어 행복하고, 지하철1호선 같이 원작을 뛰어넘는 재창조를 이룬 뮤지컬이 있어 행복하고, 꾸준히 창작되는 마당놀이, 악극시리즈, 어린이뮤지컬들이 있어 행복하며, 수많은 소극장의 힘겨운 창작 속에서 미래의 희망을 발견하며 행복할 수 있다.

이렇게 다양한 뮤지컬들 속에서 우리는 행복해 할 수 있다. 그러나… 아쉬운 점. 그것은 그동안 국내에서 서구 창작물의 번역이나 기존 국내문학의 각색이 아닌, 순수하게 뮤지컬을 위한 대본과 음악으로 창작된 뮤지컬이 부족했다는 점이다. 특히나 실험적 뮤지컬이 아닌 전형적인 대형 뮤지컬의 경우에는 더더욱 그랬다. 뮤지컬의 호황기 속에서, 정작 당연히 있을 법한 그런 뮤지컬이 부족한 것이다.

블루사이공은 기존 작품이나 역사를 옮겨 놓은 것이 아닌 순수창작으로 이뤄진 전형적인 형태의 대형 뮤지컬이다. 이 점이 당 뮤지컬을 주목하게 되는 이유다. 가장 뮤지컬다운 뮤지컬의 흔치 않은 국산판인 것이다.

블루사이공 vs 미스 사이공

"미스 사이공을 뛰어넘는 국내 창작 뮤지컬 블루사이공"이라는 평에서 짐작되듯, 블루사이공의 그 소재가 된 배경과 주요 등장인물들의 갈등 구도는 사실상 서구 대박 뮤지컬인 미스 사이공을 닮아 있다. 제목으로도 알 수 있듯 말이다.

두 작품 모두 월남전을 배경으로 하고 있으며, 현지 여인과의 사랑이 그려진다. 미스 사이공에서는 그 사랑의 만남이 이루어지는 클럽 〈드림랜드〉가 등장하고, 블루사이공에서는 사랑의 만남이 이루어지는 클럽 〈파라다이스)가 등장한다. 미스 사이공의 미군 병사 크리스는 베트남 여인 킴과 애틋한 사랑을 나누고, 블루사이공의 참전용사 김문석은 베트남 여인 후엔과 애틋한 사랑을 한다. 킴의 현지 약혼남 투이와, 후엔의 동생 드엉은 모두 베트남의 전사이다. 애틋한 사랑의 비극적 결말 역시 두 작품은 닮아 있다.

이쯤 되면 블루사이공을 미스 사이공의 한국판 각색 정도로 판단할 수도 있다. 그러나 이 닮은 점은 각색이라 칭하기보다는 오마쥬라고 칭해야 옳을 것이다. 각색판이라고 하기엔 주제의식과 내용 전개에서 온전히 새로운 창작물이기에.

미스 사이공의 주제는 월남전 속에서의 애틋한 사랑 이야기라 말할 수 있겠고, 블루사이공의 주제는 애틋한 사랑이 있는 월남전의 이야기라 말할 수 있겠다. 미스 사이공에서는 전장의 아내와 본국 아내의 갈등으로 이야기를 끌어가고, 블루사이공에서는 전장의 참상과 남은 자들의 아픔으로 이야기를 끌어간다.

실제로 〈블루사이공〉의 주제 의식은 〈미스 사이공〉보다 비장하고, 내용 전개에서 상당 부분을 전장에서의 공포감과 참전용사들의 비애에 할애한다. 그리고 '라이따이한'과 외국인노동자 등 현재 우리 사회의 어두운 면까지도 비집고 들어서 파헤치고 있다. 참전용사들의 고엽제 후유증 문제를 포함해서.

우리는 침략과 전쟁 속에서 자립한 베트남의 입장을 이해할 수 있는 민족이다. 우리는 라이따이한 문제 등 미군과 같은 입장 역시도 이해할 수 있는 민족이다. 어쩌면 월남전을 소재로 한 창작물에 가장 객관적인 주제를 이끌 수 있는 것이다. 이러한 본질이 블루사이공을 미스 사이공보다 설득력 있게 만드는 것이다.

블루사이공의 뮤지컬 코드

뮤지컬은 오페라와는 다르다. 순수예술이 아닌 대중문화인 것이다. 따라서 작가의 예술적 자존심 못지않게 관객을 끌어들일 상업적 매력이 필요하다. 그것은 '국산'이라는 문구로 민족적 감성을 자극하는 것만으로 가능할 수 없고, '주제의식'이라는 무게로 관객을 가르치려 든다면 더더욱 가능할 수 없다.

블루사이공은 '진지한 감동'이라는 매력을 가지고 있는 작품이라 할 수 있다. 우리는 현실을 잊기 위해 행복한 환상을 담은 작품에게서 매력을 느끼기도 하고, 반대로 잊고 싶은 현실을 직시한 감동을 담은 작품에게서 매력을 느끼기도 한다. 블루사이공은 후자에 해당한다.

그렇다고 블루사이공이 감동을 위해 재미를 희생한 뮤지컬은 아니다. 적절한 유머로 관객들을 즐겁게 하고, 풍부한 음악으로 관객들을 자극시킨다. 또한 적절한 내용 전개의 시차는 산만함도 지루함도 느낄 수 없도록 만든다.

1996년, 2000년 공연에 이은 이번 2002년의 공연에서는 기존의 곡들 외에도 10여 곡의 뮤지컬 넘버들이 추가 되었다고 한다. 도합 30여 곡이 된다는 건데, 이는 국내외를 막론하고 음악 비중이 상당히 높은 편에 속한다.

조곡조로 재해석된 월남에서 돌아온 김상사와, 아직도 귓가에 맴도는 반복적 테마 블루사이공은, 이 공연의 주목할 만한 뮤지컬 넘버이다.

또한 10여 억 원의 제작비를 들여 국립극장에서 공연하는 이번 공연의 스

케일은 가히 국내 순수창작 뮤지컬로도 대작 대박을 예감하게 할 만한 규모이다. 주제의식과, 진지한 감동 외에도, 볼만한 거리를 제공하고 있다는 것이다.

자, 이쯤 되면 관객들이 보고 싶도록 만드는 상업적인 매력, 다시 말해서 매력적인 뮤지컬 코드 또한 갖추고 있음을 실감할 수 있지 않겠는가?

어쩌면 이 작품은 보고 싶은 뮤지컬이기 이전에 보아야 할 뮤지컬 일지도 모르겠다. 흥미로운 뮤지컬이기 이전에 가치 있는 뮤지컬이기 때문이다. 놓쳐서는 안 될 대한민국 뮤지컬의 척도가 바로 블루사이공인 것이다.

서구의 대박 뮤지컬들 못지않게 관객들의 환호를 받는 대한민국의 뮤지컬들이 더 많이 태어나길 기대해 본다.

[공연] 뮤지컬 '블루사이공' 굿바이 공연

김중식 기자 / 2004.02.04 16:14

"이제 다 왔나 여기가 거긴가 / 아주 먼 여행 이렇게 짧은 끝 이렇게 짧은 끝 / 거기 길은 좋은가 / (중략) / 아직 뜨거운 내 심장 가져 가, 안녕."

'하얀 전쟁' 베트남전을 다룬 창작 뮤지컬 '블루사이공'에서 주인공 김상사와 가수가 부르는 듀엣곡 '인생의 벼랑에서'의 한 구절처럼 '블루사이공'(연출 · 작곡 권호성)이 역사 속으로 사라진다.

1996년 초연 이후 뮤지컬 관련 온갖 상을 휩쓸며 지난 8년간 거듭 '버전업'되면서 꾸준히 공연된 '블루사이공'이 6~18일 서울 대학로 문예진흥원 예술극장 대극장에서 고별 공연을 갖는다.

제작사인 극단 '모시는사람들'의 대표이자 대본을 쓴 김정숙 씨(45 · 여)는 "우리가 또 (이라크) 파병국이 됐고 우리가 또 파병 국민이 된 마당에 반전 · 평화의 메시지를 전하는 '블루사이공'을 공연하는 게 스스로 가증스러워졌다"고 종연 이유를 밝혔다.

그는 또 "월남전의 비극을 진지하고도 가슴 아프게 그려낸 탓인지 관객들이 (관극을) 힘들어했다"면서 "이에 따라 새로운 방법론으로 반전과 평화를 이야기하기 위해 '가슴 아픈 안락사'를 시키는 것"이라고 덧붙였다. 극단 내에서 대본 · 작곡 · 편곡 · 연출 · 디자인을 다 해결하고 배우 · 스태프들이 노개런티로 공연에 참여해도 공연을 할수록 쌓이는 적자폭을 감내하기

버거워졌다는 설명이다.

'블루사이공'은 소재의 측면에서 파월군인과 월남 여인의 운명적인 사랑과 이별, 그들 2세를 다룬다는 점에서 브로드웨이 뮤지컬 '미스 사이공'과 비교돼 왔다.

'미스 사이공'은 헬리콥터를 띄우는 등 돈으로 인간의 상상력이 가 닿는 첨단의 스펙터클을 무대화시켰다. 하지만 '블루사이공'은 이 나라의 영세한 뮤지컬 제작 시스템 · 환경 탓에 전 출연진 · 스태프들이 외부 용역에 돈 한 푼 들이지 못한 채 오로지 수공업적 작업 방식으로 작품과 연기의 진정성 · 완성도에 투신할 수밖에 없었다.

특히 연극평론가 백현미 씨에 따르면 '미스 사이공'은 미군과 베트남 여인이 수직적 위계관계에 놓인 식민주의 담론의 문화상품인 반면 '블루사이공'은 한국군과 월남 여인을 세계적 이데올로기 전쟁의 공동피해자로서 등치 관계로 본 작품이다. 한마디로 "월남전에 대한 미국판 문화상품"과 "월남전 파병에 바쳐진 일종의 조곡(弔哭)"의 차이라는 설명이다.

연극평론가 김미도 씨는 "'미스 사이공'이 지극히 멜로드라마틱한 구성 하에서 월남전을 감상적으로 접근했다면 '블루사이공'은 월남전을 둘러싼 정치적 역학관계와 그 후에 남겨진 문제들에 대해 객관적으로 적나라하게 다가간다"면서 "'미스 사이공'만큼의 음악 · 안무 효과를 기대할 수는 없지만 '블루사이공'이 남겨주는 감동은 결코 뒤지지 않는다"고 했다.

이에 따라 연극평론가 양승국 씨는 "'블루사이공'의 무게는 이미 '블루'의 정도를 넘어서 있다"면서 "극중에서 잔학한 병사인 주인공 김문석 상사는 냉전 논리의 희생자이고 그럴수록 그의 비극은 개인사를 넘어선 전쟁의 비극, 한반도의 비극을 육화시킨 비극의 주인공"이라고 밝혔다.

'블루사이공'은 형식적으로는 다양한 극양식·기법을 자연스레 녹여낸 '표현주의 연극'이라는 평이다. 순천대 김길수 교수(문예창작과)는 ▲꿈과 악몽 같은 비사실적 분위기 ▲다음의 사건 전개에 개입하지 않는 익명의 유형화된 인물군 ▲논리적 연결고리가 무시된 부르짖음·절규·내적 독백언어 등을 통해 이 작품의 현대 서사극적 면모를 강조했다.

8년째 젊음을 바쳐 김상사 역을 맡고 있는 이재훤, 월남 여인 후엔으로는 '지하철 1호선'의 간판 배우 이미옥이 호흡을 맞춘다. 베트남 정글과 연등 300개가 일제히 불을 밝히는 쭝투 축제 장면이 압권이다. 국내에서 드물게 6화성조의 뮤지컬 넘버 33곡은 재즈와 오페레타를 자유자재로 넘나드는 다양한 음악적 조화를 자랑한다.

다시 떠나는 김상사… 굿 바이! 〈블루사이공〉

뮤지컬 〈블루사이공〉 '마지막 공연'이 시작되다

한유선 / 2004.02.06 12:48

그동안 왜 흥행에 실패했는지 도무지 알 수가 없었다. 또한 왜 아무도 기립박수를 치지 않는지 의아했다.

어제(2월 5일) 대학로 문예진흥원 예술극장 대극장에서의 시연회를 시작으로 뮤지컬 〈블루사이공〉의 '마지막 공연'이 시작되었다. 8년 동안 장기 공연됐던 뮤지컬 〈블루사이공〉의 '終'을 여는 첫 공연이었다.

파병 국민으로서, 다시 이라크에서 돌아온 김상사를 부르고 싶지 않다는 의지에서 〈블루사이공〉을 더 이상 공연할 수 없다는 것이 제작사 측의 뜻이다. 그렇기에 더 의미가 있었고, 그러하므로 꼭 관람해야만 했다.

결론부터 말하자면 굳이 딴지를 걸려고 작정을 하지 않는 이상 더할 나위 없이 훌륭했고, 다른 뮤지컬에서는 보기 어려운 드라마틱한 장면들도 연출되었기에 매우 흥미로웠다.

극의 종반부로 치다를 무렵부터는 한 편의 영화를 보는 듯한 착각을 불러일으켰다. 특히 아름다운 쭝투 축제의 모습과 케산 전투신, 저승사자와 같은 역할을 하는 가수와 과거의 어린 문석의 등장 장면을 통해 전해지는 아픔은 기대 이상의 것이었다.

물론 곡 전부가 귀에 착착 감기는 느낌은 덜했지만 오히려 그런 설정이 감성으로뿐만 아니라 냉철한 이성의 시각 또한 유지하면서 극을 조망할 수

블루사이공 | **103**

있게 했다.

이라크 파병을 앞둔 지금 〈블루사이공〉의 이야기는 과거가 아닌 현재이기 때문이며, 공연을 보고 나서 한바탕 울고 끝날 것이 아니라 신념에 따른 일말의 행동으로 옮겨주길 그 누군가는 간절히 바라고 있기 때문이다.

김상사의 고통은 개인의 것이 아니라 우리들의 비극이다

뮤지컬 〈블루사이공〉은 베트남전에 참전했던 병사 김문석의 이야기다. 하지만 이 이야기는 개인사의 경계를 넘어서 우리나라 현대사의 어두운 일면이고 또 다른 김상사를 만들어내려는 지금의 시점에서는 너나할 것 없는 우리 모두의 이야기이다.

전쟁의 후유증으로 시달리던 그 앞에 현실의 시간 개념이 아닌 다른 차원의 공간에 살고 있는 가수가 나타나 그의 과거 속 사이공으로 인도한다.

베트남 전쟁터에는 고국에 대한 그리움과 전쟁에 대한 공포로 가득 찬 전우들이 있고 그들은 때로는 뜨거운 전우애로 때로는 술과 여자와 도박의 힘으로 그 고통과 상처를 잊으려 한다. 그러던 중 술집에서 미군 병사들에게 희롱당하는 베트남 여인 후엔을 구해주게 되고 서로의 가슴 아픈 과거를 알게 되면서 깊은 사랑에 빠지게 된다.

둘의 행복한 시간 속에 후엔은 문석의 아이도 가지게 되지만 문석은 곧 케산 지역 전투에 투입되고, 그런 문석을 후엔은 필사적으로 말린다.

하지만 어쩔 수 없이 문석은 전투에 나가게 되고 잠복해 있던 베트콩들에 의해 부대원들이 몰살당하게 된다. 포로가 된 문석 앞에 후엔은 베트콩의 모습으로 나타나게 되면서 극은 비극으로 치닫게 된다.

결국 문석은 후엔의 도움으로 가까스로 살아남아 귀국하게 되지만 고엽제와 전투 당시의 공포로 인한 후유증으로 자신의 몸은 물론 딸 신창 또한 편한 삶을 영위하지 못하고 권총으로 자살하게 된다.

40년이 지났어도 여전히 계속되는 김상사 이야기

뮤지컬 〈블루사이공〉은 정말 의외였다. 그동안 흥행 성적에 영향을 받아 약간의 선입관을 가지고 갔던 나로서는 〈블루사이공〉을 보고 나서 부끄러워지는 내 자신을 어쩌지 못했다. 그렇기에 감동을 받았지만, 기립을 해서 열연을 한 그들에게 박수와 환호를 보내고 싶었지만, 차마 그럴 수 없었다.

보기 편한 사랑 타령의 뮤지컬이나 코미디류의 연극이 판을 치고 있는 현실을 개탄하면서도, 한편으로는 그런 공연에 빠져들고 있던 나는 무겁고 어둡고 한편으로는 고리타분하다고까지 여겨지는 문제를 들고나온 이 뮤지컬을 그동안 줄곧 애써 외면했기 때문이었다.

"난 베트남에 국군을 파병했던 60년대의 사람이 아니니까", 혹은 "난 군대도 안 가 본 여자인데"라던가 "누가 가라고 했나"라는 식의 생각이 내 몸 저 밑바닥에 웅크리고 똬리를 틀고 앉아 있었기 때문이기도 했다.

또한 그동안 국가로부터 우리나라는 베트남을 도와주었을 뿐이지 고통을 주거나 미군처럼 잔혹한 짓을 하지는 않았다는 가식적인 말로 교육받아 왔기에 우리나라에는 베트남 전쟁으로 인해 힘들어하는 이들이 있을 거라는 생각 또한 할 수 없었기 때문이었다.

하지만 이 모든 것은 진실을 왜곡한 것일 뿐이었다. 모든 것이 분명하고 명확해진 지금, 곧 이라크로 또 다시 파병을 해야만 하는 어이없는 현실을 앞둔 이 시점에서 다시 생각을 돌이켜보면 전쟁의 피해자였던 우리가 전쟁의 가해자로 나서야만 했던 그 과거가 단지 과거일 수만은 없다.

또한 비록 60년대의 사람은 아니지만 그 시대를 살아온 분들의 자식이고, 비록 총 한번 잡아보지 못한 여자의 몸일지라도 아버지가 있고 동생이 있고 아들이 있을 터이고, 가라고 등 떠민 적은 없었겠지만 내 나라를 위해 나를 위해 떠난 그들이 아닌가.

그 아픔의 상처가 다 아물고 용서되기도 전에 40년이 지난 지금에 와서 다시 한 번 내 아버지가, 동생이, 아들이 가야 할 명분도 의무도 없는 그곳으로 떠나려고 하고 있다.

이로써 김문석의 모습은 우리 자신의 모습이 되어 버린 것이다. 김상사의 그 고통이, 그 피비린내 진동하는 아픔이 다시는 없기를 간절히 소망하는 마음으로 올려진 뮤지컬이 오히려 우리 자신의 모습을 나타내는 기가 막힌 현실에 가슴이 쓰라리다.

그렇기에 공연 내내 가슴이 답답함을 느끼고 있던 차에 후엔이 베트콩에게 김상사를 살려달라고 호소하면서 이렇게 말한다.

"지금 이 사람이 비록 우리를 향해 총을 쏘고 우리 가족을 죽였지만 그는 평생 자신에게 총을 쏘며 고통스러워 할 것이다"라고.

그때부터 난 복잡하여 그 성격조차 단정 짓기 어려운 눈물을 흘려야만 했다.

역사 속으로 사라지는 〈블루사이공〉, 굿 바이!

비록 극의 내용이 어둡고 다소 무거워 감당하기 버겁기까지 하지만 8년이 넘는 여정에 종지부를 찍는 뮤지컬 〈블루사이공〉은, 이미 기정사실화돼 있기는 하나 어떻게든 막아야만 하는 이라크로의 파병과 보이지 않는 연결 고리를 맺고 있다.

이는 한때 김상사를 그곳으로 보냈으면서도 그의 고통을 함께하지 않았던 우리가 담당해야 할 몫이기에 마지막 뒷모습을 보이는 〈블루사이공〉을 어떤 모습으로 보내야 할지가 앞으로 남은 우리의 과제이다.

공연 리뷰

"베트남전쟁이란 우리의 아픈 기억을 소재로 브로드웨이 '미스 사이공' 이상의 뮤지컬을 만들어냈다." 〈동아일보〉

"재미있게 보면서도 인간을 느끼고, 극 자체로서의 예술적 완성도가 높은 우리 뮤지컬사의 새 장을 여는 작품이다." 〈연극평론가 김미도〉

"뮤지컬 대작 '블루사이공'은 장엄한 테마곡을 비롯한 한국적 정서를 담은 20여곡의 주옥같은 멜로디가 전편을 흐른다." 〈스포츠조선〉

"탄탄한 구성과 함께 메시지의 호소력도 그렇거니와 극적 재미와 볼거리 또한 놓치지 않았다는 점은 기존의 뮤지컬과는 다르다는 판단을 쉽게 내려준다." 〈스포츠투데이〉

"플래툰'에서 '미스 사이공'까지 베트남전을 다룬 많은 작품들이 있어도' 블루사이공' 같은 뮤지컬은 한국인만이 만들수 있는 작품이다." 〈조선일보〉

"전쟁 속 인간애를 그린 창작 뮤지컬, 국내 창작 뮤지컬 중 드물게 작품성과 대중성을 고루 갖춘 뮤지컬 〈블루사이공〉." 〈매일경제〉

"세대를 뛰어넘는 대단한 뮤지컬…. 그야말로 박수가 넘쳐나는 우리만의 뮤지컬이다. 진정한 뮤지컬의 참의미와 푸르른 사이공의 전설…." 〈lpryh〉

"이제 뮤지컬과 사이공이라는 단어를 들으면 '미스 사이공'을 제치고 내게 처음으로 떠오르는 이름이 되었다. 뮤지컬 레미제라블과 비교하여 결코 뒤지지 않는 깊이가 있기에 우리에게 더욱 의미있다고 생각한다." 〈진수현〉

"말로는 표현할 수 없는 벅찬 가슴을 안고 뜨거운 눈물을 흘릴 수 있는 시간이었다는 것 하나만으로 제 기억에 오래도록 남을 겁니다. 공연 내내 눈을 뗄 수 없었고, 연신 눈물을 찍어내느라 애를 먹었습니다…." 〈서영은〉

모들씨어터북003

블루사이공

등록 1994.7.1 제1-1071
1쇄 발행 2019년 6월 28일

지은이 김정숙
펴낸이 박길수
편집장 소경희
편 집 조영준
관 리 위현정
디자인 이주향
펴낸곳 도서출판 모시는사람들
       03147 서울시 종로구 삼일대로 457(경운동 수운회관) 1207호
전 화 02-735-7173, 02-737-7173 / 팩스 02-730-7173
홈페이지 http://www.mosinsaram.com/

인 쇄 천일문화사(031-955-8100)
배 본 문화유통북스(031-937-6100)

값은 뒤표지에 있습니다.
ISBN 979-11-88765-47-8   03810

이 도서의 국립중앙도서관 출판예정도서목록(CIP)은 서지정보유통지원시스
템 홈페이지(http://seoji.nl.go.kr)와 국가자료공동목록시스템(http://www.
nl.go.kr/kolisnet)에서 이용하실 수 있습니다.(CIP제어번호: CIP2019018206)